C. H. Spieß

Liebe und Muth macht alles gut

Lustspiel in drei Aufzügen

C. H. Spieß

Liebe und Muth macht alles gut
Lustspiel in drei Aufzügen

ISBN/EAN: 9783743678224

Hergestellt in Europa, USA, Kanada, Australien, Japan

Cover: Foto ©Andreas Hilbeck / pixelio.de

Weitere Bücher finden Sie auf **www.hansebooks.com**

Liebe und Muth
macht alles gut.

Ein

Lustspiel in drei Aufzügen

von

C. H. Spieß.

Prag und Leipzig,
bei Albrecht und Compagnie.
1793.

Personen.

Baron von Rumberg.
Julie, seine Tochter.
Baronin von Lohen, Witwe, und seine Schwester.
Baron von Grattenberg, Obrister⎫
Graf von Rosenhain.   ⎬ Juliens
Baron von Dittersdorf.   ⎨ Liebhaber.
Baron von Hüben.   ⎭
Lux, ein Lohnlakei.
Verschiedene Bediente.
Ein Invalide.

Erster Aufzug.

Juliens Zimmer.

Erster Auftritt.

Baronin von Lohen (in Negligee) Fräulein Julie. (geputzt)

Baronin. Guten Morgen, liebe Nichte! weißt du's schon, dein Vater ist gestern Nachts um zwölf Uhr angekommen!

Julie. Ich weiß es, und bin im Begriffe, ihm meine Aufwartung zu machen.

Baronin. Er hat izt dringende Geschäfte; ich komme eben von ihm, sobald er frei, will er dich sehen!

Julie. O Gott! wie freue ich mich auf den Augenblik, ihn zu umarmen! den guten Vater! den ich seit zwölf Jahren nicht gesehen, und dessen ich mich kaum zu erinnern weiß!

Baronin. Ich glaube dir's, meine liebe Nichte, auch ich habe Thränen der Freude bei seiner Ankunft vergossen.

Julie. Aber so sehr ich mich freue; so sehr zittere ich auch. War denn der Obriste heute nicht bei Ihnen?

Baronin. Ja, und er ist eben izt bei deinem Vater!

Julie. Ums himmels Willen! was macht er denn dort?

Baronin. Er führt den Plan aus, den wir schon längst entwarfen. Er hält um dich an.

Julie. O weh! die Angst bringt mich noch um! Ich weiß es; ich bins überzeugt, mein Vater kann bei solchen Umständen nicht einwilligen. O meine Tante! beruhigen sie mich, wenn sie können!

Baronin. Nur ruhig liebe Nichte, nur gelassen, du bist ja des Ausgangs deiner Sache und folglich auch deines Unglüks noch nicht gewiß.

Julie. Nicht gewiß? hat mich mein Vater nicht schon seit meinem sechsten Jahre an

drei

drei Männer versprochen! Hat er seine Zusage nicht mit seiner Ehre bekräftiget? Hat er nicht geschrieben, daß sie mich drauf, vorbereiten sollen? Hat er nicht ausdrüklich dazu gesezt, daß ich aus diesen dreien einen wählen muß?

Baronin. Alles recht, alles gut! Da aber dein Vater den närrischen Einfall gehabt hat, dich an drei Männer zugleich zu versprechen, so ist es ja eben so wahrscheinlich, daß er dem Obristen, der von guter Familie und eben so reich ist, erlauben wird, als der vierte um deine Hand zu werben, und wenn er ihm dies zugesteht, so sind wir ja geborgen!

Julie. Wenn! wenn! O das abscheuliche wenn!

Zweiter Auftritt.

Vorige. Der Obriste.

Obrist. (tritt mit einem finstern, und niedergeschlagenen Blikke hastig auf.)

Julie.) (zugleich) Nun Karl nun?
Baronin.) Wie ists, Herr Obrister, wie ists?

Obrist.

Obrist. (zukt die Achseln, geht auf und nieder)

Julie. (steht in ängstlicher Erwartung)

Obrist. Julie, sie haben einen harten Mann zum Vater!

Julie. Will er nicht einwilligen? Soll ich nicht dein sein?

Obrist. Nein! Nein!

Julie. (Kann kaum für weinen sprechen) Nein! Nein!

Obrist. Sollst heute noch die Verlobte eines andern werden!

Julie. (ängstlich) Heute? Heute noch? das kann, das wird nicht geschehen!

Obrist. Muß, muß geschehen!

Julie. (wirft sich in einem Stuhl und weint)

Obrist. (Geht mit großen Schritten auf und nieder)

Baronin. Ja, Kinder! Weinen und Trozzen hielft hier nichts! Wir müssen überlegen und beschlissen. (zum Obristen) Gab ihnen der Baron gar keine Hoffnung?

Obrist. Keine, gar keine, nicht die geringste!

Baronin. Was gab er denn für eine Ursache seiner abschläglichen Antwort an?

Obrist.

Obrist. Daß seine Tochter bereits versprochen sei! — Aber sagen sie mir doch, wie's eigentlich mit diesen Versprechen steht? Ist denn gar keine Hoffnung möglich?

Baronin. Sehn sie, der Baron ist ein Mann, der sein gegebenes Wort nie bricht! Bei seiner Abreise nach Spanien war er eines Abends bei den alten Graf Rosenhain! Der Baron Dittersdorf, und der Baron Hüben waren auch da. Sie waren alle recht lustig, trunken mehr als sie sollten, und da kam denn die Rede auf Julien, die eben damals ins sechste Jahr ging. Die drei alten hatten jeder einen Sohn, der beinahe eben so alt war. Sie zankten sich im Scherze, welcher von diesen Söhnen einmal Julien heurathen sollte! Der Baron, welcher keinen beleidigen wollte, versprach sie allen dreien, jedoch mit der Bedingung, daß Julien unter diesen dreien die Wahl einst überlassen sein sollte. Der Vertrag wurde unterschrieben, besiegelt, und mit Verlust der Ehre bekräftigt. Zugleich wurde beschlossen, daß dieser seltsame Kontrakt bei der Rükkunft des Barons in Erfüllung gebracht werden sollte.

Obrist. Aber wie kömmts denn, daß der alte Baron Dittersdorf, nun statt seines Sohnes da ist, und Mitwerber sein will?

Baronin. Sein Sohn ist gestorben, und da will er denn an seines Sohnes statt, damit sein Stamm nicht aussterben soll, Julien, wenn's sein kann, heurathen.

Obrist. Und das erlaubt ihm der Baron?

Baronin. So war's, hör ich, im Vertrage auch ausgemacht.

Obrist. Wie soll ich also izt noch hoffen?

Baronin. Sie haben sich doch nichts merken lassen, daß sie Julien eher, als seit den vierzehn Tagen, die wir hier in der Stadt zubrachten, gekannt haben?

Obrist. Wie können sie so etwas von mir nur denken!

Baronin. Thun sie es ja nicht, denn er glaubt, daß ich sie, seinen Befehlen gemäs, in einem Stifte, so still und eingezogen als möglich, habe erziehen lassen.

Obrist. Alles das weiß ich ja!

Baronin. Wenn er das Gegentheil erführe, so hätte ich seine Gnade, von der ich doch leben muß, auf ewig verloren. Meine liebe Julie, wäre es deines Vaters Willen nachgegangen, so wußtest du izt kaum, daß Männer lebten! Wärst so dumm und einfältig wie eine Gans, und dies alles um ja

nur

nur seinen Willen Folge zu leisten, und einen von den drei Liebhabern ohne Umstände zu nehmen.

Julie. Aber liebe Tante, wenn er nur unsern Betrug nicht von jemand andern erfährt.

Baronin. Sorge nicht. Die Vorsteherin des Stifts ist meine Freundin, und wird im Falle der Noth bezeugen, daß du stets im Stifte warst. Den Herrn Obristen ausgenommen, hat dich auf dem Lande kein Mensch gesehen! Haben wir nicht wie Einsiedlerinnen gelebt?

Obrist. Aber die Bedienten?

Baronin. Kein einziger ist mitgenommen! Nur Julie, verrathe du dich selbst nicht. Stelle dich vorzüglich in Gegenwart deines Vaters eben so dumm und einfältig, wie du es bisher gegen jedermann und in allen Gesellschaften hier in der Stadt thatest. Versprich ihm, alles zu thun, was er haben will, und jeden, den er dir vorschlägt, zu heurathen, denn er wird doch gewiß ausforschen, und sehen wollen: Ob ich dich auch nach seinem Wunsche erzogen habe. Doch Herr Obrister, gehen wir lieber auf mein Zimmer! Der Baron könnte seine Tochter sehen wollen, sen, und wenn er sie hier anträfe, so wäre vollends alles verlohren.

Obrist. Er ist nicht zu Hause! der Präsident hat ihn zu sich ruffen lassen. Er fuhr eben fort, wie ich hieher kam. Beste Baronin! rathen sie nur was hier zu thun ist?

Baronin. Ja Kinder, in der Eile weis ich selbst nicht zu helfen: Wenn wir nur ein Mittel ausfindig machen könnten; die drei Liebhaber abzuschrekken. Sie können, so lauteten die Worte in einer Klausel des Vertrags, wenn ihnen Julie nicht ansteht, zurük treten.

Obrist. Wie ist das? Erklären sie sich deutlicher!

Baronin. Der Baron hat alle drei bei seiner Rükreise hieher beschieden. Sie sind auch bereits alle da. Er hat ihnen aber, wie er mir noch in dieser Nacht sagte, ausdrüklich geschrieben, daß er von seiner Seite einem aus ihnen, vermöge des Vertrags, seine Tochter geben werde, daß er sie aber, wenn keiner seine Tochter liebenswürdig finden sollte, des Versprechens freiwillig entlassen, und keinem zur Heurath zwingen wollte.

Obrist. Hat er dies wirklich gesagt?

Ba-

Baronin. Wirklich.

Obrist. O Julle! so können wir noch glüklich werden!

Julie. Wie? auf welche Art?

Obrist. Dieser Degen hier, soll die Buben alle, die mir meine Julie rauben wollen, zwingen, ihr zu entsagen!

Julie. Karl! Karl!

Baronin. Das ist bei alle dem kein übler Gedanke! Suchen sie den Herren Furcht einzujagen! Wer weiß — —

Obrist. Sorgen sie nicht, ich will schon alles machen. Sie müssen sich entweder mit mir, und wenns drauf ankömt, mit allen Offizieren meines Regiments schlagen, oder mir Julien abtreten.

Baronin. Aber wenns der Baron erfährt?

Obrist. Das wird er nicht, denn hab ich sie einmal in die Enge getrieben, so müssen sie Julien besuchen, und unter einer erdichteten Ursache ihre Hand ausschlagen.

Julie. Aber wenn sie deine Ausforderung annehmen! Wenn du unglüklich wärst!

Baronin. Sein sie ohne Sorgen, Nichte! Die Herren nach der Mode, duelliren nicht gerne! Man bittet zu iziger Zeit lieber

um

um Verzeihung, oder räumt den Platz in Frieden, als daß man sein theueres Leben n Gefahr sezzen sollte. Führen sie nur ihren Plan aus, Herr Obrister, und ich hoffe, es soll ohne Blutvergiessen abgehen. Wir wollen unsrer Seits dazu beitragen, was wir können und vermögen! Julie muß sich ohnehin auch gegen ihre Liebhaber dumm und einfältig stellen, und wenn der alte Dittersdorf, etwann noch Herz genug hat, sich zu duelliren, so wird ihn Juliens Dummheit gewiß abschrekken! (sieht auf die Uhr) Izt aber, Kinder, ists eilf Uhr, der Papa ist neugierig seine Tochter zu sehen, und wird eilen! Also Marsch Herr Obrister! gehen sie fort, und machen sie ihre Sachen gut.

Obrist. Wunder will ich thun. (eilt ab)

Baronin. Nun, Herr Obrister! keinen Abschied?

Obrist. (zu Julien ihr die Hand reichend) Leb wohl: Ich hoffe dich bald, und glüklich wieder zu sehen?

Julien. Nimm dich ja in Acht, Karl! Denk an deine Julie! (Obrister ab)

Drit-

Dritter Auftritt.

Baronin Lohen. Julie.

Julie. Beste Tante! wie werd' ich vermögend sein, mich gegen einen Vater zu verstellen, den ich so viele Jahre nicht gesehen habe, den ich liebe, der, im Grunde betrachtet, nur mein Glük machen will!

Baronin. Es ist hart, Julie! das fühl ich selbst, aber bedenke, daß du nur durch diese Verstellung deinen Karl erhalten kannst, daß du dich auch ohne diese Ursache, doch verstellen mußt, damit dein Vater nicht argwöhne, nachfrage und erfahre, daß du nicht im Stift warst. Sein Zorn würde dann schwer auf mich fallen, und du weißt daß ich von seiner Gnade lebe.

Julie. Reden sie nicht weiter. Ich will alles thun, und wenn mir meine Verstellung zu schwer fällt, an sie, meinen Karl denken.

Baronin. Man kömmt die Treppe herauf. Er ists! Ich höre seine Stimme! Nimm dich in acht!

Julie. O! wie mein Herz schlägt!

Ba=

Baronin. Ich bitte dich, nimm doch eine dumme Stellung an, laß den Kopf besser hängen, sez die Füsse einwärts! — —

Vierter Auftritt.

Vorige. Baron Ramberg.

Baronin. Nun, da bin ich, liebe Schwester! Habe wegen den verdammten Geschäfte nicht eher abkommen können. Wo ist denn meine Tochter? Ist sie das? Ist sie's.

Baronin. Ja, Herr Bruder.

Baron. Ja sie ist's! Das vollkommene Ebenbild ihrer Mutter! (küßt Julien) Nun wie ist's dir im Stift gegangen? Wie hast du gelebt? Kennst du deinen Vater noch?

Julie. (macht einen tiefen Knix)

Baronin. Nun, antworte doch, Nichte!

Julie. (Schüttelt den Kopf)

Baron. Nicht? Nun sollst mich schon kennen, als deinen guten lieben Vater kennen lernen. Ich erinnere mich deiner noch recht gut! bist ja so schön wie ein Engel, und eben so gepuzt!

Julie. (ganz schüchtern) Die gnädige Frau Tante haben es so befohlen! (küßt voll Inbrunst dem Baron die Hand)

Baron. Bist noch schüchtern, aber dein Kus, dein Druk der Hand läßt's mich fühlen, daß du mich liebst. Ich liebe dich auch, Tochter, will dich bald glüklich machen!

Baronin. Aber denke nur Bruder, Julie will wieder ins Stift zurük.

Baron. Ach warum nicht gar! bist lange genug dort gewesen. Sollst nun auch in der Welt leben. Ich komme dir eben einen Vorschlag zu thun! — Wo willst du denn hin, Schwester?

Baronin. Ich muß mich ja ankleiden.

Baron. Komm bald wieder, ich will mich unterdessen mit meiner Tochter unterhalten.

Julie. Tante! Tante! (ihr nachlaufend heimlich) Verlassen sie mich doch nicht.

Baronin. (ebenfalls heimlich) Sei vernünftig (laut) Bleib bei deinem Vater (ab)

Fünfter Auftritt.

Baron. Julie.

Baron. Komm her, liebe Tochter, du bist doch gar zu schüchtern, fürchte dich doch nicht! Ich bin ein guter Vater. Sez dich nieder!

Ju-

Julie. (macht tiefe Knixe)

Baron. Nun so sez dich!

Julie. (Sezt sich furchtsam)

Baron. So! Nur nicht so furchtsam, nicht so blöde! Das ängstliche Wesen schikt sich zu deinem Aufpuze gar nicht! Spiel keine Kokette, aber sei aufgeräumt, munter! Was schlägst du denn beständig die Augen nieder? Sieh mich an! Du bist recht schön! Nun! Wie gefällt dirs denn hier in der Stadt.

Julie. (steht auf, macht einen tiefen Knixs) Recht gut, gnädigster Herr Papa!

Baron. O so bleib sizzen! Du willst also ins Stift wieder zurük! Willst dort bleiben? He?

Julie. (verwirrt)

Baron. Zum wenigsten hats deine Taute gesagt, ists denn wahr?

Julie. (steht auf macht einen tiefen Knix, stotternd) Ja! gnädiger Herr Papa!

Baron. Ei! ei! ei! so ists doch wahr! Ich habs nicht glauben wollen, habe gedacht, du würdest bei mir bleiben! Nun? Willst du nicht?

Julie. O Ja!

Baron. O Ja! Das freut mich!. Das freut mich! Willst also bei mir bleiben? Nicht ins Stift gehen? Ju-

Julie. Ich — — ich — — ich — —

Baron. Nun! Nun! ich merks schon, ich will dir die Antwort ersparen! Also du bleibst bei mir! Aber sieh, ich bin schon ein alter Mann, die Freuden der Welt sind nicht mehr für mich! Ich liebe Einsamkeit und Ruhe! Was willst du denn also bei mir machen?

Julie. Ich weiß nicht!

Baron. Du weists nicht? das ist übel! Nun weil du's nicht weist, so will ich Rath schaffen! Ins Stift gehst du einmal nicht wieder? Nicht wahr?

Julie. (äusserst verlegen) Nein.

Baron. Das ist mir schon recht! Sieh, da ich izt deine Gesinnung kenne, so kann ich auch aufrichtig mit dir reden. Es war mir gleich im Anfange nicht recht, daß ich dich im Stift erziehen lassen mußte. Aber meine Geschäfte, meine beständigen Reisen erlaubten mirs nicht anders! Auch mußte ichs noch wegen einer andern Ursache thun, ob ich schon auf diese ganze Erziehung nicht viel halte. Die guten Leute wollen die Kinder für die Welt erziehen, der sie doch entsagen mußten! Da kömmts den ganz natürlich, daß sie diesen Kindern einen Haß gegen alle Freuden beibringen; und thäte Mutter Natur nicht ihr äußerstes, sie zu lauter Betschwestern machten. Ich habe dich deswegen noch vor meiner Ankunft aus den Stift holen lassen! Du bist nun schon vierzehn Tage in der Welt, hast, wie mir deine Tante gestern sagte, alle ihre Freuden und Ergötzlichkeiten kennen gelernt! Warst in der Komedie, Opera, auf den Ball und in Gesellschaften! Dies Leben, merk ich, gefällt dir nicht übel; aber nun müssen wir auch auf die Zukunft denken! Was willst du also künftig machen?

Julie. Je nun! Ich will in d. Komedie, auf den Ball, und in Gesellschaften gehen!

Baron. Nicht übel, nicht übel! Aber das ist höchstens eine Beschäftigung auf den Abend, was willst du den Tag übermachen?

Julie. Da will ich mich recht schön puzzen, essen, trinken, spazzieren gehen und spielen.

Baron. Vortrefflich! Nun! nun! Fräulein Tochter, sie schikken sich in die große Welt. Ein Leben nach der Mode, wie's heut zu Tage gänge und gebe ist! Aber für dich ist's nicht, meine Tochter! Ob du schon
einst

einst sehr reich werden kannst; so will ich doch nicht, daß du so unthätig durchs Leben hinschlendern, und am Ende nicht wissen sollst: Was du gethan hast? Wir sind nicht in der Welt, um bloß zu essen, zu trinken, spazzieren zu gehn und zu spielen! Wir haben andere Pflichten zu erfüllen! Wie wärs also, wenn du deinen Stand verändertest?

Julie. O, nein!

Baron. Warum nicht?

Julie. Ich will ein Mädchen bleiben, ich mag kein Mann werden!

Baron. Dumme Gans. (für sich) Die ist zu dumm gerathen. (laut) Wer verlangt denn das? Verstehst du mich denn nicht? Seinen Stand verändern, heißt heurathen.

Julie. (freudig) Heurathen? Heurathen?

Baron. Ja! heurathen! Ich wollte nur nicht mit der Sprache heraus, ich glaubte das Wort H e u r a t h wäre dir vom Stift her so verhaßt. Sollst dir einen Mann nehmen!

Julie. Einen Mann! einen Mann! (höchst freudig) Ja lieber Papa, einen Mann will ich mir nehmen! Einen Mann! Einen Mann! Einen Mann! (springt herum) (für sich) Wie mir die Verstellung so schwer wird!

Baron. Nyn! da haben wir's, da liegt das ganze Gebäude, an dem die Damen so emsig gebaut haben, auf einmal über den Haufen! War das Mädchen sechs Jahr alt, als sie ins Stift kam, hat seit der Zeit keinen Mann gesehen, hat nicht einmal von einen gehört, und wird fast für Freuden närisch, da sie einen bekommen soll! O Natur! Natur! dich umzuändern, dich auszulöschen vermag niemand! Du wirst oft in dieser Welt schreklich mishandelt, mußt dich in tausend Falten legen, biegen, zerren und binden lassen. Aber was hilfts! Lauter vergebene Arbeit! Wenn man dich am festesten gebunden und gefaltet glaubt, so zerreissest du alle deine Falten auf einmal, stehst da in Riesengrösse und bist begehrlicher, als wenn du frei gewesen wärest! Voila! das lebendige Beispiel!

Julie. Papa! soll ich heute schon einen Mann nehmen!

Baron. Hoho! Hoho! Das Ding geht nicht sogleich!

Julie. Aber doch Morgen?

Baron. Ach warum nicht gar!

Julie. (weinerlich) Wenn denn?

Baron. Das liegt an dir! Kennst du denn schon jemanden, der dich heurathen will? (für sich) Will einmal sehen: Ob der Obriste nicht bei ihr war?

Julie. Ach lieber Himmel, nein!

Baron. Nun! nun! gräm dich nicht! wollen schon einen finden. Ein hübsches, junges Mädchen mit zwei Tonnen Goldes bleibt nicht sizzen. Und überdies haben schon etliche um dich angehalten! Brave, rechtschaffene Leute, würdig deine Männer, und meine Schwiegersöhne zu sein! Ich bin kein Vater, der zu seiner Tochter sagt: Nimm den oder jenen! Nein, so denke ich nicht: Ich wollte also von dir hören: Ob du dir schon vielleicht einen ausgesucht hast? Warst einigemal in der Komedie, auf den Ball, da hat deine Tante so allerhand Leute um dich herumflattern sehen! Sag mir einmal: Welcher unter diesen hat dir wohl am besten gefallen? (für sich) Ob sie nicht den Obristen nennen wird?

Julie. Papa! mir haben alle gefallen! Nur die Herren nicht in den großen Berükken, die so langsam gehen, und so rothe Nasen haben, die kann ich nicht leiden.

Baron. Du willst also einen schönen, jungen Mann haben?

Julie. Ja! Ja!

Ba=

Baron. Nun! wie heißt er denn? (für sich) Haha! Itzt wirds kommen!

Julie. Ach! die mir besonders gefallen haben, sind alle beide schon gestorben.

Baron. Gestorben? Was Teufel! Wie heissen sie denn?

Julie. Der eine heißt Herr Romeo, und der andere Herr Werther!

Baron. Romeo? Werther? Die Herren kenne ich nicht einmal!

Julie. Nicht! aber ich habe sie in der Komedie gesehen. Der Herr Romeo nahm Gift, und der Herr Werther erschoß sich! Ich habe recht geweint.

Baron. Ach Närrin! itzt verstehe ich dich erst! dies sind keine Männer für dich! ob ich dich schon versichern kann, daß sie sich noch beide frisch und gesund befinden.

Julie. Sind sie kurirt worden? Nun das freut mich! das freut mich! Ich habs gleich gesagt, daß man nur geschwind um einen Dokter schikken soll, aber da haben sie mich nur ausgelacht! Nun also; den Herrn Romeo oder den Herrn Werther will ich zum Manne haben!

Baron. (für sich) Das wäre nicht übel! Da muß ich vorkommen. (zu ihr.) Ja, mein Kind;

Kind; beide Herren mögen dich nicht. Der Herr Romeo hat schon seine Julie!

Julie. Sie ist todt Papa; sie hat sich erstochen!

Baron. Ist auch wieder kurirt worden! Und der Herr Werther läßt von seiner Lotte nicht.

Julie. Ja, das glaub ich, wenn ich wie Lotte wäre, ich heurathete ihn gleich! — Weil ich also die zwei nicht haben kann, so nehme ich jeden, den sie mir geben wollen!

Baron. (für sich) Bravo! So ist sie wie ich sie haben will! (laut) Nein! Jedermann ist für dich kein Mann! Du hast zu wenig Erfahrung, und damit du nicht in der Folge darunter leiden mußt, so will ich dir wählen helfen. Ich kenne drei Herren, welche dich alle zur Frau begehren.

Julie. Das freut mich! Das freut mich!

Baron. Nun, höre weiter! Es sind zwei Junge, und ein etwas ältlicher Herr! Sind alle sammt und sonders meine guten Freunde! Ich gönne jedem mein Kind und mein Vermögen! Kurz: Derjenige welchen du dir wählen wirst, soll mein Schwiegersohn sein! Aber merke dirs, unter diesen dreien mußt du einen wählen! Ju-

Julie. Also nur einen kann ich mir wählen?

Baron. Freilich nur einen! Bist du denn gar so dumm, daß du nicht weist, daß man hier zu Lande nur einen Mann auf einmal nehmen kann.

Julie. Ja ich weiß es schon! Aber es ist ja izt die Mode, daß man mehr als einen Mann lieb hat. Ich habe das so gesehen, in Gesellschaften.

Baron. O Dummheit über Dummheit! Aber beim Lichte betrachtet, auch simple, reine Wahrheit! Nein meine Tochter, die Mode darfst du nicht mitmachen! Du bekämmst nur einen Mann, darfst auch nur einen lieben! Also wieder aufs Thema zu kommen, deine Herren Liebhaber werden dir heute noch eines um den andern ihre Aufwartung machen. Es wird dir doch aus diesen einer gefallen?

Julie. Ach! es wird mir schon einer gefallen!

Baron. Ich hoffe auch. Mach dich also gefaßt. Sei hübsch aufgeräumt und munter! Verstehst du mich?

Julie. Ja, ja! Papa!

Baron. Ich bin bezierig zu sehen, welchen du dir aussuchen wirst?

Julie. Welchen sie wollen, mein lieber Papa, welchen sie wollen. Sie dürfen nur befehlen.

Baron. Ich befehle nicht, sondern überlaß es deiner Wahl! Aus diesen dreien kannst du dir wählen, welchen du willst. Nun — merke das — deine Tante bleibt mir zu lange! Ich muß fort. Bei Tische sehen wir uns. Leb wohl, unterdessen! Bist ein gutes, liebes Kind! Verdienst glüklich zu sein!

Julie. (küßt ihm die Hand)

Baron. Schon recht, liebes Kind, schon recht! Sollst der Trost meiner alten Tage werden!

Sechster Auftritt.
Julie allein.

Wohl mir, daß er ging! sonst wäre ich ihm zu Füssen gefallen, und hätte ihm alles entdekt. Mein Schiksal ist hart, grausam! Ich darf einen Vater, den ich so lange sah, nicht einmal meine kindliche Liebe, zeigen, muß ihn hintergehen und betrügen! O Karl! Karl! geschäh's nicht dir zu Liebe! Ich hätte es nicht gethan. (ab)

Zweiter Aufzug.

Zimmer im Gasthofe.

Erster Auftritt.

Graf von Rosenhain. Ein Kellner.

Gr. v. Rosenhain. (trällert) Giebts hier viel Noblesse?

Kellner. Euer Exzellenz, sehr viele!

Gr. v. Rosen. Auch schöne Damen?

Kellner. Das glaub ich!

Gr. v. Rosen. Bravo! Bravißimo (zieht die Schreibtafel heraus) Wie heissen die schönsten?

Kellner. Da kann ich Eure Exzellenz nicht dienen, bin erst einen Monat hier! Seh aber täglich so viel schöne Gesichter vorbei fahren, daß ich mich darin verlieben würde, wenn mich nicht meine Schürze an meinen Stand erinnerte! Unser Lohnlakei, ist schon beßer bekannt!

Gr. v. Rosen. Er soll den Augenblik zu mir kommen. (Kellner ab) (zieht seine Uhr her-

heraus) Halb zehen! Also noch Zeit genung, bis ich die Ehre haben werde, den künftigen Herrn Schwiegerpapa meine Aufwartung zu machen, und seine Fräulein Tochter von Angesicht zu Angesicht kennen zu lernen. Sie ist erst aus dem Stift gekommen, wird vermuthlich eingezogen und ehrbar thun, wie eine sechzigjährige Matrone, wird dumm, einfältig sein! Aber das taugt just in meinen Kram! Sie ist Erbin von zwei Tonnen Goldes, dumm und einfältig! Vive Rosenhain! Das soll ein Leben werden! Ich werde auch weislich Sorge tragen, daß sie nie zur Vernunft kömmt. Denn eine vernünftige Frau ist das überflüßigste und lästigste Ding auf der Welt!

Zweiter Auftritt.

Graf Rosenhain. Lux.

Lux. (fällt zur Thür herein)

Gr. v. Ros. Nun?

Lux. Lauter Diensteifer, gnädiger Herr oder Exzellenz! weiß nicht wie ich tituliren soll!

Gr. v. Ros. Wie er will! wie er will. (für sich) Ich werde doch sehen ob er nicht

gleich

gleich meine hohe Geburt in meinem Gesichte ließt! (bläht sich auf)

Lux. Also mein lieber Handelsherr, was steht zu Ihren Diensten? was befehlen Sie?

Gr. v. Rof. (ärgerlich) Handelsherr! Ich bin Graf, Reichs Graf!

Lux. Verzeihung! aber dann hätten mir Euer Exzellenz die Wahl des Titels nicht überlassen sollen!

Gr. v. Rof. So! Stehen die Grafen nicht in seiner Gnade!

Lux. Aufrichtig zu reden: Nein!

Gr. v. Rof. Warum? Weswegen?

Lux. Ich denke wie ein Lohnlakei, das heißt: Ich sehe immer auf den Gewinn, und ein Graf hat mir des Tages noch nie mehr als zwei Siebenzehner gegeben; aber bei reichen Kaufmannssöhnen, Wechslern, und Pächtern hab' ich wohl des Tages zwei, drei, Gulden, auch wohl einen Dukaten verdient!

Gr v. Rof. (wirft ihm zwei Dukaten hin) Da! für heute!

Lux. Ach! unterthänigster Knecht Euer Exzellenz! Nun! Wies Sprichwort sagt: Keine Regel ohne Ausnahme!

Gr.

Gr. v. Rof. Giebt es hier gute Unterhaltung? Guten Zeitvertreib?

Lux. Euer Exzellenz, da sieht's übel aus! Zwar viel und mancherlei, aber aufrichtig zu reden: Nichts gescheutes, nichts reelles, was sich so für einen Herrn von Dero Generosität schikte.

Gr. v. Rof. Wie kömmt das?

Lux. Ja! Wie kömmts! Sehen Euer Exzellenz, unser einer ist nun schon so lange dabei, und wenn ich's bei Lichte betrachte, so sind die Herren untereinander selbst schuld daran! Das Sprichwort sagt: Schlechte Waare, schlechtes Geld! Ich sage aber: Wie der Lohn, so die Arbeit!

Gr. v. Rof. Ich verstehe ihn nicht recht!

Lux. Glaubs gerne, aber unsere gnädigen Herren verstehens besser. Kurz und gut, in den Affairen ist hier nichts mehr zu machen! Ich bedaure jeden Fremden, der herkömmt. Mein Gott! jung sind wir das Feuer brennt immer, gewissenlose Leute, giebts auch genug, die nur aufs Geld sehen, und dann kömmt den endlich ein Lamento heraus. Kömmt ein Fremder, und fragt, so wie Euer Exzellenz, nach Zeitvertreib. So sag ich ihn

frei

frei heraus: Herr, nehmen sie sich in Acht! Und kömmt ein hübsches Gesicht und empfiehlt sich bei vorfallender Gelegenheit meiner Protektion, so sag ich: Schaz, reise sie ins Himmels Namen wieder fort, geh sie wo anders hin, wo man Verdienste besser belohnt, denn hier kann man bei den Metie nicht das trokne Brod gewinnen.

Gr. v. Rof. Que diable, was erfahre ich da alles! Also giebts hier keine schöne Mädchen?

Lux. Ach! Mädchen giebts hier, man könnte sie nicht schöner mahlen. Geschminkte und gedüngte Gesichter in Menge, sie laufen herum wie die Haubenstöcke! aber Unterhaltung, Diskurs und so weiter, das darf man bei ihnen nicht suchen. Und bei solchen Umständen kann mans auch nicht fordern, denn tel traivail, tel Solaire! sagt der Franzos. Sans doute, vous parlez Francois?

Gr. v. Rof. Quelle demande! Je parle toute Langue vivante!

Lux. Excellenza! parlo italiano?

Gr. v. Rof. Quoi?

Lux. Do gou speak Englisch?

Gr. v. Rof. Qu'est ce que vous dites?

Lux.

Lux. Diese Sprachen spreche ich alle, neben bei auch Spanisch, Rußisch, Böhmisch, Pohlnisch, und Hungarisch!

Gr. v. Rof. Bist ein ganzer Kerl!

Lux. Ja das glaub ich (für sich) den hab ich ausgezahlt!

Gr. v. Rof. Aber schöne Damen solls in Menge hier geben?

Lux. Sapperment das glaub ich! aber mit denen bin ich nicht bekannt!

Gr. v. Rof. Glaubs gerne, armer Teufel, glaub's gerne! Aber ich will schon desto bekannter mit ihnen werden! Eure Herren Kavaliers hier werden schauen, wenn ich so in die Gesellschaften eintreten, und aller Augen auf mich ziehen werde. Du kennst doch die schönsten Damen wenigstens den Namen nach?

Lux. Ach den Namen nach kenn ich sie alle!

Gr. v. Rof. (Zieht seine Schreibtafel heraus) Geschwind wie heissen sie?

Lux. Gräfin Malk.

Gr. v. Rof. Malk! Logiert?

Lux. In ihrem eignem Palais!

Gr. v. Rof. Ist sie schön?

Lux. Sehr schön! hat überdies einen extra feinen Verstand.   Gr.

Gr. v. Rof. Den schenk ich ihr! Ist sie aber sonst konversabel? gefällig? liebt sie Gesellschaft?

Lax. O ja, konversabel, gefällig, und liebt auch Gesellschaft, aber sie hat einen verdammten Fehler an sich!

Gr. v. Rof. Der wäre?

Lax. Sie siehts den Leuten gleich am Gesichte an, wes Geistes Kind sie sind, und wenn denn so die jungen, süssen Herrchen, die hirnlosen Stuzzerchen bei ihr Visite machen, und ihr die Ohren vollplaudern, so hat sie gewisse Mienen und Blikke in ihrer Gewalt, die diese junge Herren gleich stumm machen. Da geschiehts denn oft, daß sie beschämt, wie der Pfau, wenn er seine Füsse besieht, aus ihrer Gesellschaft schleichen! (für sich) Merks Saufewind!

Gr. v. Rof. Ach die muß ich noch heute besuchen! Ich will ihr, die gewissen Mienen, und Blikke schon abgewöhnen. Was meinst du werde ichs nicht im Stande sein?

Lax. (spottend) Allerdings! Allerdings!

Gr. v Rof. So wie ich hier vor dir stehe, mit diesem Gesicht, mit dieser Grazie hat mir noch kein Frauenzimmer wiederstanden! Ein gefälliger Blik von mir hat diamantne Her-

zen geschmolzen und die Sprödeste zur Zärt-
lichsten gemacht. Gieb nur Acht, du sollst
bald von mir hören: Die ganze Stadt soll
in wenig Tagen, von dem schönen Grafen
sprechen!

Lux. Ach, wer zweifelt dran? Eurer
Exzellenz Gestalt und Wesen! Die göttliche Art
— — hol mich der und jener ich dürfte kein
Mädchen sein, ich wäre schon gefangen.

Gr. v. Ros. Gelt! nicht wahr! Du
bist ein braver Kerl, du hast keinen üblen
Verstand!

Lux. Unterthäniger Diener, so viel,
als man in einem Wirthshause braucht.

G. v R. Wer waren denn deine Aeltern?

Lux. Mein Geschlecht macht mir wenig
Ehre; aber damit doch Euer Exzellenz meine
Aufrichtigkeit kennen lernen, so will ich Ihnen
von meinem Stammbaume so viel erzählen,
als ich selbst davon weiß. Mein Grosvater
war ein ehrlicher Schneider, meinen Vater, und meine Mutter aber konnte man
füglich unter die Klasse der Ehrloßen zäh-
len. Aber wie's denn nun immer kömmt,
daß die Kinder aus der Art schlagen, und
wie Euer Exzellenz aus eigner Erfahrung
wissen werden oft geschieht, daß der Sohn

Liebe u. Muth.   C   ei-

eines Grafen ein Windbeutel wird, so ward viceversa aus mir der ehrlichste Kerl! Hab mich schon seit meinem vierzehnten Jahre in der Welt herumgetummelt; hab mancherlei Rollen darinne gespielt; hatte vor zwanzig Jahren 40000 fl. in Vermözen und bin izt ein elender Lohnlakei, der von heut auf Morgen lebt! Muß Schuhe puzzen, lügen, trügen, um mein Leben durchzubringen! Besizze aber dabei den lustigsten Humor von der Welt, und wenn ich so die Neigen, meiner Passagiers ausgeleert und mein Räuschgen angezecht habe, so ist niemand glüklicher als ich! Dann laß ich mir — — — versteht sich in Gedanken! vom Groß-Mogul die Schuhe puzzen und vom türkischen Sultan die Kleider ausziehen. Kömmt alles nur auf die Einbildung an, Euer Exzellenz!

Gr. v. Ros. Bursche! Du gefällst mir immer mehr und mehr! Willst du in meine Dienste treten?

Lux. Warum nicht Euer Exzellenz!

Gr. v. Ros. Sollst's gut haben. Sollst dir einen Rausch aus vollen Flaschen antrinken können; aber (sieht nach der Uhr) Par dieu! schon so spät? Weißt du, wo der Baron Rumberg wohnt?

Lux.

Lux. O Ja! Ein ganzer Hecht! hat ein paar Tonnen Goldes in Vermögen!

Gr. v. Roſ. Du kannſt von den paar Tonnen Goldes auch etwas zu ſchmauſen kriegen! Ich bin hergekommen, um ſeine Tochter zu heurathen.

Lux. Wie? Euer Exzellenz, hab ich auch recht gehört?

Gr. v. Roſ. Nun! Quol viſage! Zweifelſt du etwa. Mit dem Vater bin ich ſchon von lange her richtig, und mit der Tochter werde ichs in ein paar Minuten ſein!

Lux. Daran zweifelt meine Wenigkeit gar nicht, aber wiſſen auch Euer Exzellenz, daß ſie Nebenbuhler haben.

Gr. v. Roſ. Qu'importe! Ich weiß es ſchon.

Lux. Und daß einige davon im hieſigen Gaſthofe logiren?

Gr. v. Roſ. Quoi?

Lux. Ihrer zween ſind auch zum Herrn Baron Rumberg eingeladen!

Gr. v. Roſ. Ich weiß ſchon, wie die ganze Sache zuſammen hängt! Es iſt der alte Baron Dittersdorf, und der junge Baron Huben! Beides ein paar ſeltene Originale!

Lux. Ja, daß sind sie! der alte Baron ist ein Mann von sechzig Jahren, hat viel Aehnlichkeit mit einem abgenuzten Perükkenstok, brumt, und flucht den ganzen Tag mit seinen Bedienten. Er ist ein wahres Remedium wieder die Liebe.

Gr. v. Ros. Da hast du, mort de ma vie, vollkommen recht. Wie gefällt dir denn der Baron Hüben?

Lux. Der ist noch jung, das Gesicht passirt auch, aber er muß seine ganze Lebenszeit auf dem Lande zugebracht haben, und vielleicht gestern zum erstenmahle in die Stadt gekommen sein, denn er gaft alles an, wie die Kuh das neue Thor! Er macht mit seinen Bedienten Komplimente, und als ich vorhin vor seinem Zimmer vorbei ging, so bat er mich, ich möchte die Gnade haben, und seinen Johann heraufrufen.

Gr. v. Ros. Ha! Ha! Ha! du schilderst gut, und treffend! Nun wird Herr Lux nicht glauben, daß ich Ursache habe, mich vor meinen Nebenbuhlern zu fürchten?

Lux. Sie sind also wirklich ihre Rivalen?

Gr. v. Ros. Freilich, die Tochter muß einen von uns dreien heurathen. Wem meinst du wohl, daß sie wählen wird?

Lux. Findet hier ein Zweifel statt? Keinen als Euer Erzellenz.

Gr. v Rof. Ich glaub's selbst. Soll freilich, wie ich höre, eine dumme, einfältige Gans sein, aber was liegt mir daran, ob sie dumm oder gelehrt ist, ich heurathe nicht sie, sondern ihre zwei Tonnen Goldes. Gut aber daß ich weis, daß meine zwei Nebenbuhler hier logieren. Ich will mir einen kleinen Spas mit ihnen machen. Geh also gleich hin. Sage beiden, da ich gehört hätte daß sie zum Baron Rumberg zur Visite giengen, so würde ich es für die größte Ehre halten, wenn sie in meinem Wagen mit hinfahren wollten. Verstehst du mich? — Richt es gescheut aus, damit ich mich über die beiden Abentheuer, recht satt lachen kann.

Lux. Sorgen Eure Erzellenz nicht, in zwei Minuten stehen beide vor ihnen. Aber mein Dienst ist doch gewiß?

Gr. v. Rof. Wenn du kein Weib hast —

Lux. Nein, Ihro Erzellenz, ich habe noch keine mit zwei Tonnen Goldes gefunden.

Gr. v. Rof. Hans Narr! Geh nur!

Lux. A revoir! (ab)

Gr. v. Rof. Nun! nun! guter Alter, freue dich! Graf Rosenhain wird dein Schwie-

ger-

gersohn! Wunder sollst du sehen. Papachen, wie ich jene Liebhaber alle ausstechen, wie ich mich brüsten, wie ich deine zwei Tonnen Goldes so brüderlich umarmen will. Deine Silberbarren sollen jüdische Linon anziehen und deine Dukaten sollen Luftspringer werden. Nöthig war es, denn hätte es mit der Heurath noch ein Jahr angestanden, so hätte mir kein Jude einen Kreuzer mehr geborgt!

Dritter Auftritt.

Graf von Rosenhain. Lux.

Lux. (tritt lachend auf) Sie werden beide so bald als möglich erscheinen. Herr von Dittersdorf, sezt eben die Perükke auf, und brumt, daß sie ihn um zehn Jahre älter mache.

Gr. v. Ros. Und der Baron Hüben?

Lux. Der weint wie ein kleines Kind, weil ihn sein Kammerdiener nicht das rothe Kleid will anziehen lassen.

Gr. v. Ros. O herrlich! herrlich! wie wird er erst weinen, wenn ich ihm die Braut vor der Nase wegführe!

Vier-

Vierter Auftritt.

Vorige. Der Obriste Grattenberg.

Obrist. Ich bin recht gegangen? Sind sie der Graf Rosenhain?

Gr. v. Rof. Der bin ich, der bin ich!

Obrist. Ich möchte gerne ein paar Worte mit ihnen sprechen. ich bin der Obriste Grattenberg.

Gr. v. Rof. Eine Ehre für mich, sie kennen zu lernen. Was steht zu ihrem Befehle?

Obrist. Kennen sie die junge Baroneffe von Rumberg?

Gr. v. R.s. Von Person nicht. Aber ich bin so zu sagen von meiner Kindheit an ihr Verlobter, und bin hier wenn das Mädchen nur ein bisgen Gout hat, sie zu beurathen.

Obrist. So! So! Wissen sie, daß auch ich ihr Nebenbuhler bin?

Gr. v Rof. Que Diable! hat sie der Vater ihnen auch versprochen?

Obrist. Das nicht! das nicht! aber ich liebe dem ohngeachtet das Fräulein auf das äußerste. Ich wollte, daß ich mit in die Zahl ihrer Freier gezehlt würde.

Gr. v. Roſ. Ich von meiner Seite, würde nicht das geringſte dagegen haben, denn jemehr ich Nebenbuhler hätte, deſto mehr Vergnügen würde mir mein Sieg bringen.

Obriſt. So ſind ſie ihres Sieges ſchon ganz gewiß?

Gr. v. Roſ. (ſtellt ſich vor ihm hin) Herr Obriſt betrachten ſie meine Perſon; beherzigen ſie einmal die unwiderſtehliche Grazie meines Geſichts, das alles verzehrende Feuer meiner Augen, dieſe reizende Taille, dieſen Herz bezaubernden Fuß. Voila! dieſer einzige Pas! (macht ſolches) Und nun fragen ſie mich noch einmal, ob ich meines Sieges gewiß bin? (zu Lux) Ach Gewitterwolken ſteigen auf, es wird donnern!

Obriſt. (ſchlägt den Grafen ſtark auf die Achſel.)

Lux. Da hats eben eingeſchlagen!

Obriſt. Herr! wenn ſie glauben, daß ich hergekommen bin, um mir Sottiſen ſagen zu laſſen, ſo ſind ſie an den unrechten gekommen. Ich bin Obriſt, und laß mir von einem unbärtigen Knaben nicht vor der Naſe herumſpielen. Verſtanden?

Gr.

Gr. v. Roß. Sehr wohl! sehr wohl! Herr Obrist wozu diese Hizze? Sie haben mich misverstanden, ich wollte — —

Obrist. Sie wollten einen Mann von Ehre beleidigen! wars nicht so? Aber wenn sie dies wollten, so sind sie, ich wiederhohle es noch einmal, an den unrechten gekommen! Herr! erlaubte mir der Baron um seine Tochter mitzuwerben, so wäre mir, um doch gleiches mit gleichen zu vergelten, gar nicht bange. Ich bin ein Mann der Feuer in Adern, Mark in Knochen hat; bin mehr Mann als sie mit ihrer weiß und rothen Frauenzimmerlarve, und mit ihren Körperchen en miniature. Mir macht kein rauher Wind Schnupfen, oder Kathar, und keine Zugluft einen Rheumatism, wie euch Zukkerpuppen. Das Fräulein hat Augen im Kopfe, und wird wenn sie nur ein klein wenig Verstand besizt, sie, mein junges Herrchen, grade nicht wählen. Sie braucht einen Mann, und kein Stuzzerchen, kein lebloses Bild, das weiter nichts gelernt hat, als pfeifen, trällern, singen und Geld verschwenden!

Gr. v. Roß. Herr Obrist, sie fanden sich durch meine Reden beleidiget, sie hielten solche ungerechter Weise für Sottisen,

und

und sagen mir da so eine Menge Anzüglich-keiten dagegen. Glauben sie, daß ich sie ein-stekken werde?

Obrist. Einstekken und nicht mussen, Freund, wenn dir anders, dein Figürchen lieb ist. Ha, ha, ha! An euch Mode Herren ist alles vom Papier, alles zum zerblasen! Aber den Himmel sei Dank. weite Gurgeln und harte Magen habt ihr! Ihr könnt man-cherlei hinunterschlukken, daß es eine Freude und Lust ist. Ein ehrlicher Kerl würde dar-an erwürgen, aber sie werden wohl das alles leiden.

Gr. v. Ros. (äusserst aufgebracht, auf und nieder gehend, ohne ein Wort zu sprechen.)

Obrist. Nun, schlukken sie nur, schluk-ken sie nur, Herr Graf! Ich wünsche guten Appetit zum Verdauen.

Gr. v. Ros. Herr Obrist — — Wir werden — — Wir werden — — uns spre-chen!

Obrist. Ja, ja, das werden wir! und damit sies nur kurz wissen: Sie müssen ent-weder einer Heurath mit Fräulein Julien ganz entsagen, oder sich auf Tod und Leben mit mir schlagen!

Gr.

Gr. v. Rof. (furchtsam) Herr Obrist! Herr Obrist!

Obrist. Ich bin von der ganzen Sache unterrichtet, ich weiß, daß sie die völlige Freiheit haben, das Fräulein zu nehmen oder nicht! Wählen sie also! Ich gehe vor ausgemachter Sache nicht aus ihren Zimmer! Entweder sie treten mir das Fräulein ab, oder sie müssen sich schlagen! (zieht den Degen) (für sich) Mit dem wird mirs glükken!

Lur. (zum Grafen) Euer Exzellenz! lassen sie sich nicht beschimpfen, ziehen sie! — —

Gr. v Rof. Das laß ich wohl bleiben, er sticht mich ja mit seinem Hauer durch und durch!

Obrist. Nun wie wird's?

Gr. v. Rof. Herr Obrist wissen sie wohl, daß Duelle verbothen sind?

Obrist. Herr Graf zum leztenmale: Wollen sie sich schlagen oder nicht?

Gr. v. Rof. Nein! Nein!

Obrist. So treten sie mir also das Fräulein ab?

Gr. v. Rof. Nein! — — Nein! — — Eben so wenig!

Obrist. So ziehen sie! ziehen sie! (bringt auf ihn ein.)

Gr.

Gr. v. Rof. He! Hülfe! Hülfe!

Obrist. Wenn sie noch einmal rufen, so sind sie ein Kind des Todes! Gezogen! Gezogen!

Gr. v. Rof. (knieend) Barmherzigkeit Herr Obrist ich will, ich will, alles thun!

Obrist. Feige Memme! —— Schluk das zu guter lezt auch noch hinunter! Pfui Graf, haben einen Degen und knieen! Wie sich der arme Degen schämt! Legen sie ihn ab! Zu solch einem Gesichte steht kein Degen!

Gr. v. Rof. (auffspringend) Gleich! Gleich! (legt den Degen ab)

Obrist. Und merken sie sichs wohl, so lange sie keine Lust haben, hier die Spizze meines Degens zu versuchen, so tragen sie in meiner Gegenwart nie einen Degen, denn ich werde solches als eine Ausforderung ansehen! Verstehen sie mich wohl?

Gr. v. Rof. Ja! Ja!

Obrist. Sie treten mir also Julien ab?

Gr. v. Rof. Ja! Ja! (für sich) Auweh! weh!

Obrist. Das ist aber noch nicht genug! Sie müssen mir noch weit mehr versprechen! Sie müssen heute zum Baron Rumberg hin-
ge-

geben, unter was immer für einem Vorwande, die Heurath ausschlagen und dem Baron den mit Ihrem Vater geschloßnen Vertrag zurükgeben. Wollen sie das thun?

Graf v. Rof. Ja!

Obrist. Geben sie mir ihre Hand, und ihr gräfliches Ehrenwort darauf.

Gr. v. Rof. Da ist sie (gibt ihm die Hand.)

Obrist. Geben sie mir sie noch einmal, mit dem Versprechen, daß sie, wenn sie ihr Wort nicht halten, sich auf Tod, und Leben! merken sie es wohl, auf Tod und Leben mit mir schlagen wollen!

Gr. v. Rof. Hier ist sie (giebt ihm nochmals die Hand.) (für sich) O weh! Meine zwei Tonnen Goldes!

Obrist. Und nun sind wir gute Freunde! Laßen sie sich nicht bange sein, Herr Graf! Ein Mann wie sie, mit einer solchen Grazie, einer solchen Taille, mit einem Herzbezaubernden Fuß, findet Mädchen in Menge. Wie gefällt's ihnen in unserer Stadt?

Gr. v. Rof. Recht wohl! recht wohl! (für sich) Wenn er nur einmal zum Teufel gienge!

Obrist.

Obrist. Doch ich halte sie vielleicht auf? Hab auch noch anderwärts Visiten zu machen?

Gr. v. Ros. Wollen sie sich meines Wagens bedienen. Es soll mir eine rechte Ehre sein!

Obrist. Nicht doch nicht, doch, ich danke! Sie brauchen ihn ja selbst, müssen bald zum Baron Rumberg fahren.

Gr. v. Ros. Kann zu Fusse gehen.

Obrist. Zu Fusse? Ei das wäre zu viel verlangt! Es geht ein starker Wind, regnet mit unter! Wie leicht könnte die schöne Frisur derangirt, und das reichgestikte Kleid verdorben werden, und wenn sie dann nun hinkämen zum Mädchen, (fühlt ihn an Kopf und Herz) da und da leer, von aussen beschmuzt! Ah das geht nicht! Behalten sie ihren Wagen, hab selbst einen, wenn ich fahren will.

Gr. v. Ros. Wie der Herr Obrist befehlen.

Obrist. Ich empfehle mich ihnen, und hoffe; daß sie Wort halten werden, denn sonst — (schlägt mit der Hand an den Degen.)

Gr. v. Ros. Sorgen sie nicht.

Obrist. Apropos! Noch ein Wörtchen ins Ohr! Hüthen sie sich künftig einem

Man-

Manne ins Gehege zu gehen, der so einen
Rok trägt, denn das sind die empfindlichen
Menschen! sie verstehen nicht den geringsten
Spas, und sind gleich mit der Fuchtel da.
Auch haben sie so gewiße Antipathie gegen die
jungen süßen Herrn und bei der geringsten
Sotise sezt es denn oft so etwas rechts und
links. Unterthänigster Diener, Herr Graf!
(ab)

Gr. v. Ros. Ganz gehorsamster Diener.
(begleitet ihm bis an die Thür.)

Fünfter Auftritt.

Graf von Rosenhain. Lux.

Gr. v. Ros. (sieht den Lux eine Weile
an.) Das ist ein impertinenter Kerl!

Lux. Ein Grobian vom ersten Range!

Gr. v. Ros. Ich weiß gar nicht, wie
ich in der Fassung bleiben konnte!

Lux. Mir wars auch unbegreiflich.

Gr. v. Ros. Was? Meine Liebste,
meine Braut soll ich ihm abtreten? Nein!
Nein! ich muß mich mit ihn schlagen! (nimmt
seinen Degen und will ab)

Lux. Euer Exzellenz (hält ihn zurük)
(für sich) Ich muß ihn nur halten, damit er
mit Ehren heraus kömmt!

G. v. Rof. Nein, laß mich, laß mich, ich muß den Kerl, der mir alles rauben will, umbringen!

Sechster Auftritt.

Vorige, der Obriste.

Gr. v. Rof. (Läßt geschwind den Degen fallen, erschrikt äufferst..) Befehlen der Herr Obrist noch etwas? (stößt seinen Degen mit den Fuß zurük) (heimlich zu Luxen) Verstekke den Degen!

Obrist. Ich habe vergessen, ihnen zu sagen, daß sie sich von den vorgefallnen gegen den Herrn Baron kein Wort müssen merken lassen! Ich hoffe, daß sie es thun werden, denn sonst — — — —

Gr. v. Rof. Ganz gewiß! — — Ganz gewiß werde ich kein Wort sagen!

Obrist. Ich hoffe es! aber sa〉en sie mir, was hatten sie denn vor, als ich hereintrat? Sie waren ja wie rasend, und der blosse Degen — — — —

Gr. v. Rof. Ich — — ich — — ich — So hilf mir doch. (zu Luxen)

Lux. Euer Gnaden, Herr Obrist. Seine Exzellenz wollten mich erstechen!

Obrist

Obrist. Wie so?

Lux. Weil ich mich unterstanden hatte, zu sagen, ——— daß der Herr Obrist — Sie verzeihen in Gnaden meiner Dreistigkeit — sehr impertinent wären! Darüber wurden Ihro Exzellenz so aufgebracht, daß ich unfehlbar nicht mehr lebte, wenn der Herr Obrist nicht recht zu meinem Glükke gekommen wären!

Obrist. So! ei! ei! Das hätt ich nicht geglaubt, daß ich einen so großen Vertheidiger meiner Ehre an den Herrn Grafen hätte. Muß mich also wohl bedanken. Steht wieder zu Verschulden!

Gr. v. Ros. (sich gegen Luxen zornig stellend) Wart, du Kerl, wart! du sollst deine Frechheit gewiß theuer büssen!

Lux. Ach, nehmen sich doch der Herr Obrist meiner an, sonst bin ich ein Kind des Todes!

Obrist. Nun Pardon! Pardon für den armen Kerl! Schenken sie ihm sein Leben.

Gr. v. Ros. Weil sie vorbitten, so seis! Geh, bitte um Verzeihung und bedanke dich.

Lux. (küßt den Obristen den Ros) Ich danke tausendmal!

Liebe u. Muth.   D   Obrist.

Obrist. Herr Graf! Für was sehen sie mich denn an? (lacht) Für einen Gimpel! Glauben sie, ich merk den Spas nicht! Sie betrügen sich schreklich. Habs ihnen noch zu sagen vergessen, daß wir Herren die wir das Pulver gerochen, auch feine Nasen haben! Wir wittern Poltronerie auf der Stelle. Ich will ihnen das Histörchen besser erzählen. Sie wollten als ich weg war, wenigstens vor dem Bedienten den Herzhaften spielen, wollten mir mit den Degen nachrennen und da tratt ich unversehens herein, und weg war die ganze Herzhaftigkeit! So rein weg, daß der arme Schlukker vom Bedienten ihnen mit einer Lüge heraushelfen mußte! Wars nicht so? (zu Luxen) Hast deine Sachen brav gemacht! Da! (gibt ihm Geld) Verdienst ein Geschenk! Trink meine Gesundheit! (will gehen)

Siebenter Auftritt.

Vorige. Baron Dittersdorf. (in einem altfränkischen Anzuge.) Baron Hüben. (nach der Mode gekleidet, aber dumm und albern in seinem Betragen.)

Baron Ditt. Herr Graf, sie haben mich einladen lassen, mit ihnen zum Baron Rum-

Rumberg zu fahren. Ich nehme diese Ehre mit Dank an!

Baron Hüben. (mit vielen Komplimenten) Ich auch, ich auch! Ist mir eine rechte große Ehre, den Herrn Grafen kennen zu lernen!

Gr. v. Ros. (für sich) Izt führt der Teufel auch noch die her! Sie kommen mir verdammt ungelegen.

Obrist. (zu Lux) He, guter Freund! wer sind denn die zwei Herren?

Lux. Der Baron Dittersdorf, und der Baron Hüben!

Obrist. Bravo! Da erspare ich mir einen Gang!

Bar. Ditt. Ich bin recht begierig, welcher von uns der glükliche sein, und das Fräulein mit ihren zwei Tonnen Goldes erhalten wird.

Lux. (für sich) Keiner von euch, denn ihr seht mir alle nicht darnach aus, euch um eines Frauenzimmers willen zu duelliren!

Baron Ditt. Der Herr Graf werden wohl die Beute weghaschen. Ich sehs schon, daß ich nichts davon bekomme. Wählt sie Sie nicht, nun so wählt sie Hüben!

Baron Hüben. Ja, ja, das kann wohl sein, denn schön bin ich! Das hat mir meiner Mamma ihr Stubenmädchen öfters gesagt!

Gr. v. Roſ. Ich meine Herren werde ihnen keinen Eintrag thun, ich bin bloß hergereißt, um — um — — —! (für ſich) Wenn nur der verdammte Obriſt gienge, daß ich wenigſtens lügen könnte.

Baron Ditt. (zum Grafen) Wer iſt denn der Herr? (auf den Obriſten zeigend)

Gr. v. Roſ. Er iſt mein — — guter Bekannter.

Baron Ditt. Wie iſt ſein Name? (zum Grafen)

Gr. v. Roſ. Er iſt — — —

Obriſt. Stille, Schaz, ich will mich ſchon ſelbſt introduziren! Ich bin der Obriſte von Grattenberg!

Baron Ditt. Ah, gehorſamſter Diener, Herr Obriſt! Habe ihren ſeligen Vater recht gut gekannt, wir waren Schulkameraden!

Baron Hüben. Es iſt mir eine rechte große Ehre, den Herrn Obriſten kennen zu lernen.

Obriſt. Mir auch, mir auch, (drükt ihm die Hand)

Baron Hüben. Autweh! meine Hand! ſie haben mir ſolche ganz zerquetſcht!

Obriſt. Soldaten Manier, Soldaten Manier! Baron

Baron Säben: (für sich) Eine schöne Manier (bläßt sich die Hand).

Obrist. Damit ichs nur kurz mache, ich bin ihr Nebenbuhler.

Baron Ditt. Wie? — — wie? Herr Obrist, wie? Das wäre wieder den Vertrag! welchen der Herr Baron mit uns gemacht hat! Das geht nicht! Das geht nicht! doch der Herr Obrist belieben nur zu scherzen!

Obrist. Nein, nein! ich scherze nicht. Ist mein wahrer Ernst! Fragen sie nur den Herrn Grafen!

Gr. v. Rof. Der Herr Obrist sind würklich — — — ein recht mächtiger Nebenbuhler.

Baron Ditt. Aber wie kann denn das sein?

Obrist. Wie? ich wills ihnen gleich erklären. Der Herr Baron hat mir keineswegs seine Tochter versprochen, kann sie mir auch so lange nicht versprechen, bis sie meine Herren alle drei ihr nicht entsagt haben!

Baron Ditt. Nun, das wußte ich ja!

Obrist. Aber sehen sie, ich habe das gute Zutrauen zu ihnen, daß sie es thun werden! und ihr Gesicht, ihre Miene verspricht mir es in voraus, daß sie mir frei und willig Julien abtreten.

Baron Ditt. Ei, Herr Obrist, da lügt mein Gesicht! Das werde ich nicht thun.

Baron Hüben. Ich werde es auch nicht thun!

Obrist. Nicht? Nun wohl, so wissen sie denn, daß keiner, so lange ich lebe, das Glük haben soll, Juliens Hand zu besizzen!

Baron Ditt. So müssen sie noch heute sterben, denn noch heute, wird einer von uns dreien, Juliens Bräutigam!

Baron Hüben. Ja, ja! und das werde wohl ich sein!

Obrist. (steht auf, nimmt beide bei der Hand) Meine Herren, sie sind Kavaliere?

Baron Ditt. Das bin ich! Vom guten Hause?

Baron Hüben. Ich auch, ich auch, mein Ur-Großvater war General!

Obrist. So ist der Enkel sehr aus der Art geschlagen! Doch zur Sache! Sie treten mir entweder Julien ab, geben den Herrn Baron Rumberg noch heute sein übereiltes Versprechen zurük, oder sie schlagen sich mit mir auf Tod und Leben!

Baron Ditt. Keines von beiden, Herr Obrist, keines von beiden!

Baron Hüben. Keines von beiden Herr Obrist, keines von beiden!

Obrist. (zum Baron Hüben) Herr, reden sie mir nicht drein! Ich will erst meine Sachen mit dem Herrn da ausmachen. Bin ich mit ihm fertig, dann kömmt erst die Reihe an Sie.

Baron Hüben. Nun! Nun! Nun!

Obrist. Geschwiegen oder — —

Baron Hüben. Ich bin ja schon stille!

Obrist. (zum Dittersdorf) Nun Herr Baron?

Baron Ditt. Ich bin schon zu alt, um mich zu duelliren!

Obrist. Sezzen sie nur auch hinzu: Ich bin auch zu alt, um ein junges Mädchen zu heurathen, schämen sie sich! Wollen da einen Vater, der bei einem Glas Weine ein unbesonnenes Versprechen that, seine Tochter abbringen. Wollen ein junges Mädchen das sie nicht lieben kann, unglüklich machen! Pfui! Sie sind ein alter Thor!

Baron Ditt. Herr Obrist, ich bin in Ehren alt geworden — —! Ich, ich — — brauch ihnen keine Rechenschaft von meinen Thun, und Lassen zu geben! Ich bin kein alter Thor. Es geht sie nichts an!

Baron Hüben. Ja, ja, es geht sie nichts an.

Obrist. (zum Hüben) Stille Herr, oder — —! (zum Dittersdorf) Gut, wenn sie denn die Vernunft nicht hören wollen, und sich noch jung genug zum Heurathen dünken, so werden sie sich auch ohne Weigerung mit mir schlagen! Ja! Herr! schlagen! Ich gehe ihnen nicht von der Seite! Ich insultire sie so lange, bis sie sich mit mir raufen!

Baron Ditt. (zum Grafen) Herr Graf, das ist ein grober Mann!

Gr. v. Ros. Sie — — Sie haben recht!

Obrist. Nun, Antwort will ich! reine kathegorische Antwort!

Baron Ditt. Ich habe keine Antwort für sie, und soll mich der Teufel holen, so alt, als ich bin, so — — Kurz, ich weiß nicht, warum ich hier bleibe, ich kann ja meiner Wege gehen! (will ab)

Obrist. (reißt ihm zurük) Nicht von der Stelle, Herr, sie müssen sich schlagen, oder mir Julien abtreten!

Baron Ditt. Ich will nicht! (sezt sich)

Obrist. Wenn sie mit mir reden, so müssen sie stehn. (reißt ihm auf) Beleidiget sie das noch nicht?

Baron Ditt. Herr Obrist?

Obrist.

Obrist. Was ists?

Baron Ditt. Sie sind ein Teufels-kerl!

Obrist. Ja, das bin ich. Hab zehn Schok Teufel im Leibe, und lasse nicht ab, bis sie sich schlagen.

Baron Ditt. Mir altem Manne so zu begegnen!

Obrist. Hab alle Ehrfurcht für das Alter! Aber wenn ein Alter, einem jungen Laffen spielen will, so begegne ich ihn auch, wie einen jungen Laffen! Und das sind sie! Wollen da anwerben um ein Mädchen, das, wenn es Augen im Kopfe hat, und doch einmal unter drei Narren wählen muß, lieber einen jungen, als einen alten wählt!

Baron Ditt. Es kömmt mir so vor, als wenn sie beinahe recht hätten!

Obrist. Ja, das hab' ich.

Baron Ditt. Krieg das Mädchen doch nicht! Wenn ich mich auch schlage, so nehmen mirs die andern doch vor der Nase weg. Haben recht, Herr Obrist, und bloß aus dieser Absicht trete ich ihnen meine Rechte auf sie ab — —! Bloß aus dieser Absicht. — — Denn sonst — — Ich habe wohl auch noch Kräfte, mich zu schlagen — — Da meine Hand, ich mag das Mädchen nicht.

Obrist. Bravo, Herr Baron, Bravo! ſind ein Ehrenmann, ziehen ſich recht klug aus der Affaire, weichen dem Sturm aus, weil ſie ihm nicht Troz biethen können. Machen es geſcheid. Sie ſind ein vernünftiger Mann.

Baron Ditt. Ja, ja! das bin ich. Nur die zwei Tonnen Goldes haben mich zu der Thorheit verleitet!

Obriſt. (zum Baron Hüben) Nun, wie ſtehts denn mit uns, junger Herr?

Baron Hüben. (der ängſtlich in einem Winkel geſtanden) Ich weiß nicht!

Obriſt. Wiſſen es nicht? Nun ſo will ich es ihnen denn erklären. Sie haben ja einen Degen? Sehen ſie, ich hab' auch einen, und da wollen wir denn die beiden Degen mit einander meſſen. Laſſen ſie doch ſehen. (er beſieht des Barons Degen) Vermuthlich noch Jungfer?

Baron Hüben. Ja!

Obriſt. Ha! Ha! Ha! Nun alſo deſto beſſer! Es gibt izt eine Gelegenheit durch welche ſie ihn mit Ehren unter die Haube bringen können. Sie müſſen ſich mit mir ſchlagen.

Baron Hüben. Ich darf mich nicht ſchlagen.

Obriſt.

Obrist. Warum denn nicht?

Baron Hüben. Ich bin noch nicht majoren!

Baron Ditt. Nicht gelogen, junger Herr, sinds schon seit einem Jahre!

Obrist. Ah also nur gezogen!

Baron Hüben. Ich kann nicht fechten.

Obrist. Ich will sie es schon lehren. Sehen sie! Es ist im Grunde ein bloßer Spas. Sie ziehen ihren Degen, und ich ziehe den meinigen! Wir legen an, ich bringe auf sie ein, und wenn sie nicht gut aupsariren, so stosse ich ihnen den Degen mitten durch den Leib!

Baron Hüben. Ein schöner Spas!

Obrist. Sie wollen also nicht fechten? Treten mir Fräulein Julien in Güte ab?

Baron Hüben. (zum Baron Dittersdorf) Was soll ich denn thun?

Baron Ditt. Sich wenn sie wollen, auf Tod und Leben schlagen, oder — —

Br. Hüben. Nein! nein! Ich trete Julien ab.

Obrist. Ihre Hand darauf!

Br. Hüben. (giebt sie ihm) Aber drükken sie mich nur nicht so stark!

Obrist.

Obrist. So wären wir also richtig! Herr Graf, was sagen sie darzu? Ist der Baron nicht ein rechter Hasenfuß?

Gr. v. Rof. Ja, ja, das ist er!

Obrist. Ist es nicht eine rechte Schande, gar kein Herz zu haben?

Gr. v. Rof. Freilich! freilich!

Br. Ditt. (zum Obristen) Sind sie mit den Grafen schon richtig?

Obrist. O ja!

Gr. v. Rof. Wir haben uns schon verglichen!

Obrist. Wir haben duellirt. Der Herr Graf hat glaub ich, an beiden Knieen einen blauen Flek davon getragen.

Gr. v. Rof. (thut als ob er hinke) Ja, ja, eine rechte starke Kontusion! (für sich) Ich schäme mich zu Tode!

Br. Ditt. An die Knie? Wie Teufel ist das gekommen?

Obrist. Ist zu stark ausgefallen. Doch, ihr Herren, das nöthigste hätte ich bald vergessen! Ihr müßt dem ohngeachtet zum Herrn Baron hingehen, müßt euch von dem ganzen Vorfall kein Wort merken lassen. Sprecht mit dem Fräulein, und ersinnt euch hernach eine Ursache, aus welcher sie euch nicht an-

stän-

ständig ist! Denn ihr habt ja bei dem Vertrage die Freiheit erhalten, zurük zu treten, wenn sie euch nicht gefällt?

Br. Ditt. Das wohl! Aber sie verlangen gleichwohl zu viel

Obrist. Ja, wenn ihr das nicht eingehen wollt, so muß ich wieder von forne anfangen.

Br. Ditt. Nun, nun, es ist schon recht. Sie haben eine Art zu bitten, daß man ihnen nichts abschlagen kann. Sind mir ein schlimmer Mann, mögt herzlich gerne mit ihnen raufen, aber ich bin schon zu alt! Leben sie wohl, ich werde ihr Verlangen erfüllen! (ab)

Obrist. (zum Baron Hüben der ihm nachgehen will) Und sie junger Alexander?

Br. Hüben. Ja, ich wills auch thun, aber wenn das Fräulein mich sieht, und sich bernach in mich verliebt, so kann ich nichts dafür!

Obrist. O! das lassen sie meine Sorge sein! Trauen sie dem Frauenzimmer, das ich liebe, mehr Geschmak zu, als daß sie sich in so ein Laffen-Gesicht verlieben sollte. Sie sind bei aller ihrer Zaghaftizkeit verflucht Naseweiß! Hütten sie sich, und sprechen sie künftig wenig oder gar nichts, sonst könnte ich just in übler Laune sein, und ihnen meinen

De-

Degen dennoch zu kosten geben. Gott befohlen, junger Herr! (Baron Hüben ab) Herr Graf! wir sind doch richtig?

Gr. v. Ros. Vollkommen! Ganz richtig!

Obrist. Also, ihr gehorsamster Diener, verschweigen sie ja den Vorfall gegen jedermann, denn es bringt ihnen keine Ehre, und mir auch wenig, weil ich drei Narren zu Paaren getrieben habe, die alle miteinander, nicht ein Quintchen Kurage haben! Ihr Diener Herr Graf. (ab)

Achter Auftritt.

Graf von Rosenhain. Lur.

Gr. v. Ros. Der hat den Teufel im Leibe! Bin ich nicht da gestanden wie eine feige Memme! Ich hätte vor Scham in die Erde sinken mögen!

Lur. Ja, ja! aber er ist dabei doch ein resonnabler Herr! Giebt mir vor nichts und wieder nichts vier Dukaten. Ich muß gestehen, so einen Mann trift man selten an!

Gr. v. Ros. Wie du unterstehst dich den Grobian zu vertheidigen? Den Augenblik wirf die lumpichten Dukaten zum Fenster hinaus, oder ich jage dich gleich wieder aus meinem Dienst. Lur.

Lux. Euer Exzellenz, es sind vier Dukaten!

Gr. v. Rof. Ich gebe dir noch einmal so viel, aber wirf sie hinaus.

Lux. (hält die Hand auf.)

Gr. v. Rof. Da sind drei Souverainsd'or! Und nun fort mit den Mist!

Lux. Gleich, den Augenblik!

Gr. v. Rof. Nein, nein! Gieb sie her, ich will sie selbst hinaus werfen! (wirft sie hinaus.)

Lux. O ihr armen Dukaten!

Gr. v. Rof. (riecht an seine Hände) Fi donc, das Geld stinkt ordentlich! (wischt seine Hände ab.)

Lux. (riecht die seinigen an) Wirklich! pfui Teufel! Euer Exzellenz haben recht! Infam! Infam! Aber (riecht an die Souverainsd'or) aber das heiß ich einen Geruch! Wie lauter Fleur d' Orange und Eau de Lavande!

Gr. v. Rof. Nicht wahr?

Neunter Auftritt.

Vorige. Der Obriste.

Obrist. Um Verzeihung, bin schon wieder da!

Gr.

Gr. v. Rof. Ist mir eine besondere Ehre, ein — — Was Teufel will er denn schon wieder?

Obrist. (zu Luxen) Wo hast du die Dukaten, die ich dir geschenkt habe?

Lux. Ich? Ich?

Obrist. Ja du!

Lux. Da im Schubsakke!

Obrist. Abgefäumter Lügner! Zum Fenster hast du sie hinausgeworfen!

Lux. (zum Grafen) Der Mann muß hexen können!

Obrist. Und warum hast du sie weggeworfen? Ein Geschenk von mir? He?

Lux. (zum Grafen) Helfen mir doch Euer Exzellenz!

Gr. v. Rof. (furchtsam) Herr Obrist — — Ich habs — — ihm befohlen!

Obrist. So, und warum?

Gr. v. Rof. Weil — — weil ichs so in Gewohnheit habe, daß meine Bedienten nichts von andern annehmen dürfen.

Obrist. So! So! (stellt sich vor den Grafen hin) Der Herr Graf, haben also ihrem Bedienten befohlen, daß er mir mein Geschenk, eben da ich aus dem Hause heraus gehe, auf den Kopf werfen soll?

Gr.

Gr. v. Rof. Ach! das nicht! das nicht! (zu Luxen) Wie konntest du so ungeschikt sein?

Obrist. Schelten sie nicht auf ihren Bedienten, er thats auf ihren Befehl und kann nichts dafür! Sie mein Herr Graf, sind Ursache, und von ihnen verlange ich Satisfaktion.

Gr. v. Rof. Ums himmels Willen, — — Herr Obrist — — Ich — — ich — — bitte sie tausend — — millionenmal um Vergebung.

Obrist. Ja! Vergebung! Vergebung! Ihr Herren beleidiget rechtschaffene Leute auf die unbesonnenste Art, und glaubt hernach alles wieder gut zu machen, wenn ihr kriechend um Vergebung bittet. Das macht aber die Sache nicht gut, und Herr, der Teufel soll mich holen, wenn ich ohne Satisfaktion weg gehe.

Gr. v. Rof. (wehmüthig) Nur nicht duelliren! nur nicht duelliren! Zu jeder andern Genugthuung bin ich willig und bereit.

Obrist. Ja! Nun das wollen wir sehen (ruft zur Thüre hinaus) He, guter Freund, komme er einmal herein!

Gr. v. Rof. Was wird das werden?

Liebe u. Muth.   E   Zehen-

Zehenter Auftritt.

Vorige. Ein alter, abgedankter Soldat.

Obrist. Hier, Herr Graf, ist ein alter, abgedankter Soldat, der ritterlich fürs Vaterland gestritten, sich Wunden erkämpft, ihre und ihres gleichen Güter für den Feind beschüzt, und izt zum Lohne seiner Tapferkeit betteln gehen muß! Er hat die Dukaten, die mir auf den Kopf geworfen worden sind, mit Freuden aufgelesen! Kaufen sie dem Manne seine Kurage ab, ihm nuzt sie so nichts mehr!

Soldat. Mein Herr Staabsoffizier! ob ich gleich izt betteln gehen muß, so würde ich doch das Andenken an meinen Muth und an meine Wunden nicht um hundert Dukaten verkaufen.

Obrist. Sehen sie, was Tapferkeit für ein herrliches Ding ist. Der Mann da ist mit Lumpen bedekt, muß Hunger leiden, vor den Thüren der Reichen schmarozzen, und will seine Tapferkeit doch nicht verkaufen. Doch es war mir ja um meine Satisfaktion zu thun, und diese besteht darin, daß sie diesen Mann von ihren Ueberflusseein Geschenk machen.

Gr.

Gr: v. Rof. Ja, ja, ja! wird ein Dukaten genug sein?

Obrist. Karge Seele! Die du vier Dukaten aus Prahlsucht zum Fenster hinaus werfen kannst, und oft in einem Abende ihrer Hundert verpraßest! Wie kannst du es wagen, einem solchen Menschen einen Dukaten anzubieten? Herr Graf! wenigstens fünf und zwanzig!

Gr. v. Rof. Fünf und zwanzig!

Obrist. Ja!

Gr. v. Rof. (zählt solche ab) Hier sind sie!

Soldat. Gott vergelte es ihnen tausendmal!

Obrist. Und hier sind von meiner Seite eben so viel, damit sie nicht etwann glauben, ich wollte mit fremden Geschenken prahlen! Sollten sie künftig wieder Lust haben, Geld zum Fenster hinauszuwerfen, so geben sie es lieber den Armen, da haben sie doch Dank und Segen davon! Adieu, Herr Graf. Komm alter Kriegskamerad, komm! (ab)

Gr. v. Rof. Das ist was — — —

Lux. Pst! er könnte noch einmal kommen — —

Gr. v. Rof. So gehen wir lieber! Und nun zum Rechtsgelehrten. Rett ich die zwei Tonnen Goldes nicht, so bin ich verloren, 'e maudit Colonel me portera au defefpoir!

(ab)

Drit-

Dritter Aufzug.

Zimmer des ersten Aufzugs.

Erster Auftritt.

Die Baronin. Julie.

Baronin (die eben eintritt) Deine Liebhaber sind bereits alle da!

Julie. O! wie erschrekken sie mich! haben sie gar nichts vom Obristen gehört?

Baronin. Da wäre ein Briefchen von ihm, das mir eben im Hergehen sein Bedienter brachte.

Julie. Lassen sie sehn! Lassen sie sehn! (liest, zeugt äußerste Freude.)

Baronin. Laß mich doch auch Antheil an deiner Freude nehmen!

Julie. Hören sie nur (liest) "Viktoria! „liebste, theuerste Julie! eben komm ich vom „Schlachtfelde; und hab den Sieg erhalten, „ohne einen Tropfen Blut vergossen zu ha- „ben! Alle deine drei Liebhaber, nimm mir „meine Aufrichtigkeit nicht übel, sind Bären-
„häu-

„häuter. Ich habe ihren Handschlag, daß
„sie dir förmlich entsagen wollen. Sie
„werden aber doch, um bei deinem Vater
„keinen Verdacht zu erregen, ihre Visiten bei
„dir abstatten. Sei also auf deiner Huth,
„liebes Kind! Stelle dich dumm! suche sie
„abzuschrekken, so viel dirs möglich ist! da-
„mit sich die Herren nicht etwa unter dem
„Schuz der Geseze verstekken, und meinen
„Plan vereiteln! Halte dich nur so tapfer,
„wie ich mich gehalten habe, so umarme ich
„dich noch heute als meine Braut. Später
„bin ich bei dir! Lebe wohl, und kämpfe für
„deinen treuen Karl!„ (zur Baronin) O Tante, Tante! Das geht ja herrlich!

Baronin. Ja wohl herrlich, ich habs
denen Herren sammt und sonders gleich ange-
merkt! Sie thun so mißmuthig, so fremd
und dein Vater lacht und scherzt! Sie wollen zwar auch lachen, und scherzen, aber es
geht nicht. Doch, liebes Nichtchen, damit
ich meinen Auftrag nicht vergesse, dein Vater schikt mich herauf, dich zu fragen; ob du
bereit bist, deine Liebhaber zu empfangen?
Es wird einer um den andern seine Anträge
machen! Die Wahl steht als denn bei dir!

Julie. Ach wenns nur schon vorbei wäre! Glauben sie mir, liebe Tante, ich habe eine schwere Rolle zu spielen! Ich bin mir selbst zum Ekel, wenn ich mich so albern stellen muß.

Baronin. Ich glaub dirs gerne, doch denke, daß Karl schon einer solchen Verstellung werth ist. Du solltest nur hören, wie dein Vater sich wegen deiner vermeinten Dummheit entschuldiget, wie er das Ding zu wenden sucht, und mit welcher Zuversicht er betheuert, daß du in einem Jahre, ein recht vernünftiges Frauenzimmer sein würdest, daß bloß der Fehler an der Stifts-Erziehung läge, und endlich — —

Julie. Der gute Vater!

Baronin. Still! mich deucht es kömmt jemand! Ja, ja! Gewiß einer von deinen Liebhabern! Glük auf! Julie. Glük auf! halte dich tapfer!

Julie. O bleiben sie doch beste Tante.

Baronin. Ei ia, das würde sich schön schikken, aber horchen will ich doch ein wenig!

Julie. Nun da muß ich gewiß lachen!

Baronin. Bei Leibe nicht! (ab)

Zweiter Auftritt.

Julie. Baron Dittersdorf.

Br. Ditt. Unterthäniger Diener, gnädiges Fräulein!

Julie. (die sich diese und folgende Szenen äußerst dumm stellt, macht einen tiefen Knixs.)

Br. Ditt. Ich bin hohls der Henker, ein rechter Narr! Muß da, den groben Obristen zu Gefallen, um ein Mädchen frein, und darf sie doch nicht nehmen! Es ist eine verfluchte Schande, aber mein Leben ist mir lieber, und —— (sieht sie starr an) Wie schön sie ist! wie allerliebst sie ausssieht! Ich muß sie doch anreden! (zu Julien) Fräulein! Sie werden wissen, warum ich da bin! Ich soll sie heurathen! Wie gefalle ich ihnen? Nur heraus mit der Sprache; ich bin ein Feind von allen Umständen, geh gerne grade zu, und liebe Offenherzigkeit und Wahrheit! (für sich) Tausend Element! Das ist ein schönes Gesicht! Wenn sie mich wählt, ich schlag mich gleich mit dem Obristen herum! (zu ihr) Nun, nun heraus, wie gefalle ich ihnen?

Julie. (lacht sehr einfältig.)

Br.

Br. Ditt. Sie lacht! Ein gutes Zeichen! ein gutes Zeichen! Herr Obrist wir duellieren! (zu ihr) Schönster, allerliebster Engel, beantworten sie doch meine Frage: Wie gefalle ich ihnen?

Julie. Ganz gut!

Br. Ditt. Ganz gut! Bravo Bravissimo! Ich laß mich eher todschlagen, eh ich das Mädchen abtrete. (zu ihr) Also ganz gut? Nun das freut mich, das freut mich! Und sie holder Engel, sie gefallen mir auch außerordentlich! Doch weiter im Texte: Wollen sie mich heurathen?

Julie. (lacht sehr stark.)

Br. Ditt. Donner und Wetter! Es geht immer besser! Habs ja gedacht, daß ich den Sieg erhalten werde. Ich raufe mich ihr zu gefallen mit zehn Obristen herum! Aber der Handschlag, Baron, der Handschlag! Ja was, ja was. Einem solchen Mädchen zu gefallen, kann man schon sein Wort brechen, und ein gezwungner Eid, man weis ja wohl! — — Sie wollen mich also heurathen?

Julie. Nein! nein!

Br. Ditt. Nicht! nicht! Was Teufel soll das heissen (für sich). Die hat der Obriste

sie schon gestimmt. (zu ihr) Warum denn nicht?

Julie. Ach gehen sie, sie spasen ja nur!

Br. Ditt. Ich spasen! Nein da irren sie sich! Ich will sie, bei allen meinen Ahnen schwör ichs, heurathen!

Julie. Aber ich sie nicht!

Br. Ditt. Die sagts einem verflucht trokken ins Gesicht. (zu ihr) Aber die Ursache, Fräulein, die Ursache?

Julie. Sie sind ja ein alter Mann! Sie sind ja schon ein Papa! und ich will einen jungen Mann heurathen.

Br. Ditt. Ich zu alt? Sie irren, mein schöner Engel, was fällt ihnen ein? Ich bin ein Mann in meinen besten Jahren, zwar nicht ganz jung, aber auch nicht alt!

Julie. Nein, nein, sie sind gewiß schon sechzig Jahr alt!

Br. Ditt. Was? was? Das ist ein Teufels Mädchen!

Julie. Und sie können ja nicht einmal gehen.

Br. Ditt. Was? nicht gehen kann ich? Nicht gehen? (geht steif im Zimmer auf und nieder) Was haben sie an meinem Gange auszusezzen.

Ju-

Julie. Geht man denn so? (macht seinen Gang nach) So geht man! (läuft hurtig im Zimmer auf und nieder) und hernach, sehen sie sich einmal im Spiegel an! kommen sie her! (führt ihm vorm Spiegel) Sehen sie nur lauter, lauter, Falten im Gesicht, diese darf mein Mann alle nicht haben; und wie gelb, wie garstig, sie aussehen! Was sie für eine häßliche Nase haben. Mein Mann, der muß ganz anders aussehen, muß schöne rothe Bakken — —

Br. Ditt. Und dikke runde Waden haben?

Julie. (recht einfältig) Ja! Ja!

Br. Ditt. Ja? Entweder ist das Mädchen wirklich strohdumm oder sie ist recht gescheid, und hat mich zum Besten! Bei alle dem, gefällt mir doch ihre Offenherzigkeit, ihr naives Wesen immer mehr und mehr! Es ist, als ob sie mir mein Herz gestohlen hätte!

Julie. (für sich) Der ist gar nicht abzuschrekken!

Br. Ditt. Fräulein! Lassen sie uns aufrichtig reden. Ich bin nicht mehr jung! Das ist wahr! Ich bin, wenn sie wollen schon alt, aber doch immer noch ein Mann
der

der ans Heurathen ohne Verbrechen denken kann. Sie wollen einen jungen Mann haben? der Wunsch ist ihnen sehr natürlich! Aber wissen sie auch, ob sie mit einen jungen eben so glüklich, als mit mir, leben werden! Ich zweifle, denn die meisten unserer jungen Herren, sind die ärgsten Flattergeister, sie machen sichs zum Gesez alle Frauenzimmer, nur ihre Frau nicht zu lieben, und dann ist solch eine Ehe eine wahre Hölle auf Erden! Man zankt, quält sich untereinander, und wenn denn vollends Kinder darzu kommen — —

Julie. Ja, ja, Kinder will ich haben.

Baron Ditt. Auch ich heurathe deswegen, um einen Sohn zum Erben zu bekommen.

Julie. O ich muß viel, viel Kinder haben!

Baron Ditt. Wie viel denn?

Julie. Dreißig! vierzig!

Baron Ditt. Dreißig! vierzig! (für sich) Nein, mein Schaz, nein, du bist sehr dumm!

Julie. Und wenn ich auch an ihrer Gestalt nichts auszusezen hätte, so fürchte ich doch, daß sie mir nicht alles gewähren würden, was ich von meinem Manne fordern könnte!

Ba-

Baron Ditt. Was fordern sie denn? Lassen sie doch hören!

Julie. Er muß mir in allen meinen freien Willen lassen, er muß alle Tage Gesellschaft geben, muß recht viele junge Herren zu Tische bitten! Ich muß alle Tage ein neues Kleid, und Geld voll auf zum spielen haben. Bald werd ich einen Ball, bald ein Feuerwerk, bald eine andere Gasterei geben, und so werde ich fort leben, bis ich sterbe!

Baron Ditt. Bravo! In zwei Jahren wären die zwei Tonnen Goldes versplittert, und dreißig, vierzig Kinder dazu! Nein! nein! Herr Obrist! wir duelliren nicht! Nehmen sie ihre Julie in Gottes Namen! Ich beneide sie nicht. (zu ihr) Fräulein, ich habe die Ehre mich ihnen zu empfehlen! Ich merks schon, ich bin ihnen zu alt!

Julie. Sie wollen mich also nicht heurathen?

Baron Ditt. Nein! Der Appetit ist mir vergangen. Leben sie wohl. (ab)

Julie. Ich empfehle mich ihnen unterthänig!

Dritter Auftritt.

Julie, gleich darauf Baronin.

Julie. Den wäre ich loß; wenn mirs mit dem andern auch so glükt, so bin ich das glüklichste Mädchen unter der Sonne.

Baronin. (tritt lachend ein) Der hat sich getrollt Julchen, ich muß dich umarmen, du machst deine Sachen vortreflich! Ich habe mich bald todt gelacht, wie du den alten Kerl so herrlich am Narrenseile herumführtest.

Julie. O die Liebe macht ja alles möglich!

Baronin. Ja wohl! Man kömmt schon wieder. Das geht ja wie auf der Post! Geschwinde in meine Retierade! (ab)

Vierter Auftritt.

Julie. Graf von Rosenhain.

Gr. v. Ros. Unterthäniger Knecht, mein englisches Fräulein! Ich bin ausser mir, ich bin entzükt, daß ich endlich das reizende Glük geniese, mit ihnen Schönste, unter den schönsten,

sten, Tete à tete zu sein! Der Ruf von ihrer Schönheit ist schon längst zu meinen Ohren gedrungen, man hat sie das Muster der Schönheit, die zweite Venus genannt, aber, Diable m' emporte, ich finde sie noch tausendmal schöner! Vous aver brulé mon coeur — je me meurs, si Vous ne me secoures pas.

Julie. Wie heissen sie denn?

Gr. v. Rof. Ich, mon Ange? bin der Graf von Rosenhain, ihr aufrichtiger Anbeter, demüthiger Diener, ewiger Sklave!

Julie. Ah! sind sie der Graf Rosenhain? Nun von ihnen hat man mir auch schon vieles erzählt!

Gr. v. Rof. Was denn, englisches Kind, was denn?

Julie. Ich schäme mich, es wieder zu erzählen!

Gr. v. Rof. Reden sie frei!

Julie. Man hat mir gesagt, daß sie ein rechter, entsezlicher Windbeutel wären, daß sie den ganzen Tag auf dem Koffehause zubrächten, allen schönen Mädchen die Cour machten, ihr Geld verspielten, und kein Quintchen Kurage hätten!

Gr. v. Rof. (für sich) Das hat gewiß der Obriste gesagt! Aber ich will ihm schon einen Gegenstreich spielen, ihm nach dem Rathe meines Advokaten bei Gericht verklagen, und weil er mich zum Duell zwingen wollte, arretiren lassen! Muß nur das Mädchen erst zu gewinnen suchen. (zu ihr) Gnädiges Fräulein, man hat sie hintergangen, es ist kein Wort davon wahr! Von Jugend auf, zu ihrem Bräutigam bestimmt, hab ich so eingezogen als möglich gelebt.

Julie. Wollen sie mich denn wirklich heurathen?

Gr. v. Ros. Ja! Das ist der einzige Wunsch meines Herzens! Ich werde den Augenblik segnen, in welchem ich die Hand einer so anbethungswürdigen Schönheit erhalte!

Julie. Nun, das ist mir recht vom Herzen lieb! Sezzen sie sich doch nieder. (holt ihm geschäftig einen Stuhl, und sezt sich dicht neben ihm) Wenn werden wir denn Hochzeit haben?

Gr. v. Ros. Das geht ja herrlich! Wer kann aber auch meiner Person wiederstehen? (zu ihr) Wenn's meinem Wunsche nachgienge, noch heute, noch in dieser Stunde!

Julie. Nun ja, ja! heute noch!

Gr.

Gr. v. Rof. (für sich) Die ist entsezlich dumm, aber desto besser, sie hat zwei Tonnen Goldes, die sollen mir wohl bekommen, und der Obrist wird arretirt. Dabei bleibt es. (zu ihr) Reizende, englische Güte!

Julie. Nun das freut mich, das freut mich! Also bin ich schon eine Braut?

Gr. v. Rof. Ja, meine Braut! (kniet nieder) O lassen sie mich ihnen für diese Güte tausendmal danken!

Julie. Stehen sie auf, sezzen sie sich nieder! Izt will ich recht lustig leben! Sie thun doch alles, was ich verlange?

Gr. v. Rof. Alles, alles — ihr Wunsch soll Befehl für mich sein!

Julie. Schöne Kleider? einen schönen Wagen? Schmuk? alles? alles?

Gr. v. Rof. Alles, was ihr Auge sieht, und ihr Herz wünscht!

Julie. Haben sie auch recht viel Geld?

Gr. v. R. O gnädiges Fräulein! Geld über Geld! (für sich) Wenn ich nur deine zwei Tonnen Goldes erst habe.

Julie. Nun das ist recht gut! Denn sonst hätte ich lieber nicht geheurathet.

Gr. v. Rof. Warum? Warum?

Julie. Ja mein Papa giebt mir nichts mit, bis er stirbt! Hernach soll ich erst kriegen, was übrig bleibt.

Gr. v. Rof. Was! Ei! das kann nicht sein! Er hats meinem Vater versprochen!

Julie. Was hilfts Versprechen, wenn nichts da ist. Meine Tante — — — Sie müssen aber ja nichts wieder sagen — — — hat mir erst heute früh erzählt, daß mein Papa auf seiner Gesandschaft alles angebracht hat, daß er sogar schon meiner seligen Mutter ihren Schmuk versetzt hat, und daß er recht froh ist, daß mich einer von ihnen dreien beurathen muß, damit ich ihm dann und wann etwas geben kann.

Gr. v. Rof. (für sich) Stehen die Aktien so? Ei! Ei! aber wer weiß — und doch sie ist zum lügen zu dumm! Nein! nein Herr Graf, wir spielen einen Meisterstreich, und reteriren uns! (zu ihr) Mein Fräulein, ich danke ihnen für ihre Aufrichtigkeit, und um gleiches mit gleichen zu vergelten, so muß ich ihnen sagen, daß an dem Gerüchte, welches sie von mir gehört haben, doch ein und das andere wahr ist. Ich liebe das Spiel, und schönen Mädchen bin ich auch nicht Feind.

Ju-

Julie. Das thut nichts, das thut nichts! Ich heurathe sie dennoch, weil sie viel Geld haben, und auch so leiblich schön sind!

Gr. v. Rof. Unterthäniger Diener! Zwar bin ich mit meiner Person ganz gut zufrieden, aber in der Länge, und wenn ich alt werde, so wird mein bischen Schönheit auch vergehen!

Julie. Ach ans Alter denken wir noch nicht. Erst wollen wir unsre Jugend genießen. Und kurz und gut, sie gefallen mir.

Gr. v. Rof. (für sich) Par Dieu, wie soll ich sie mir den vom Halse schaffen? Ich muß nur mit der Wahrheit herausrükken (zu ihr) Mit meinen Finanzen steht es ebenfalls sehr schlecht! Ich habe wirklich keine tausend Gulden mehr im Vermögen.

Julie. Dann mag ich sie nicht heurathen!

Gr. v. Rof. Gott sei's gedankt!

Julie. Gehen sie fort, sie Lügner sie!

Gr. v. Rof. Vom Herzen gern (für sich) Guten Appetit Herr Obrist, ich gratulire! (zu Julien) Ich empfehle mich unterthänig! (eilends ab)

Julie. Ich mich auch.

Fünfter Auftritt.

Julie, Die Baronin.

Baronin. (heraus laufend,) (sie umarmend) Je du Gold Mädchen du würkst ja völlige Wunder! Pakst jeden bei der schwachen Seite an, und treibst ihn so geschikt in die Enge, daß er weder aus noch ein kann. Ach! man überfällt uns schon wieder!
(läuft ab)

Sechster Auftritt.

Julie. Baron Hüben.

Br. Hüben. (thut sehr ängstlich in seinem Betragen) (für sich) Ach lieber Himmel, gieb nur diesmal, daß sich das Fräulein nicht in mich verliebt, denn ich müßte mich sonst duelliren und das kann ich nicht. (macht alberne Komplimente.)

Julie. (für sich) Der Herr scheint das wirklich zu besizzen was ich nur affektire!

Br. Hüben. (für sich) Wie sie mich ansieht! Sie verliebt sich ganz gewiß in mich, und hernach bin ich der unglüklichste Mensch auf Erden!

Julie. Ob er mich wohl anreden wird? Ich rede ihn gewiß nicht an.

Br. Hüben. Ach wie schön sie ist, was sie für große Augen hat! Schöner noch als meiner Mamma ihr Kammermädchen. Wenn nur der Obrist nicht wäre!

Julie. (setzt sich für sich) Jzt kann ichs ruhig abwarten!

Br. Hüben. (nähert sich ihr langsam, bleibt stehen, sieht sie an, lächelt, nimmt Tobak, zu ihr, indem er ihr Schnupftobak präsentirt) Schnupfen sie Tobak?

Julie. (lachend) Nein!

Br Hüben. (knieet vor ihr nieder) Gnädiges Fräulein, ich bitte sie um alles in der Welt! — — Heurathen sie mich nicht! Wählen sie, welchen sie wollen, nur mich nicht!

Julie. (das Lachen verbergend) Warum denn?

Br. Hüben. Ich bin sonst verloren, ich muß sonst sterben.

Julie. Sterben?

Br. Hüben. Ja, ja, sterben! Ich soll mich duelliren und kann nicht fechten. Erbarmen sie sich meiner. Ich will ihnen alles in der Welt wieder zu Gefallen thun!

Julie. (für sich) Der ist zu dumm, als daß ich mich mit ihm abgeben sollte. (zu ihm) Sorgen sie nicht, ich werde sie nicht wählen!

Br.

Br. Hüben. Ach ich danke ihnen tausendmal. Wenn das verdammte Duell nicht wäre, so würde ich mir eine Ehre daraus machen, sie zu heurathen.

Julie. Ich danke ihnen für ihre gute Meinung!

Br. Hüben. Nein! nein! Es ist mein völliger Ernst, aber weil sie nun einmal meine Braut nicht werden können, so werde ich mir schon eine andere aussuchen, die noch schöner als sie ist.

Julie. Ich wünsche ihnen viel Glük!

Br. Hüben. Ich danke ihnen. Sie nehmens doch nicht übel?

Julie. Ganz und gar nicht.

Br. Hüben. Nun so empfehle mich ihnen gehorsamst.

Julie. Ich mich ihnen auch.

Br. Hüben. Ganz unterthänigster Diener. (im Abgehn) Wie wohl mir izt ist! (ab)

Siebenter Auftritt.

Julie. Baronin.

Baronin. Izt komm geschwind zu deinem Vater! Er wartet mit Verlangen, um zu hören, welchen du dir gewählt hast.

Ju-

Julie, Ums himmels Willen, was soll ich ihm denn sagen?

Baronin. Was? Sag nyr, daß dir jeder recht ist. Nein! Nein! Sag, daß die Herren Liebhaber, ihm deine Meinung schon selbst sagen werden! (beide ab)

Achter Auftritt.

Ein anderes Zimmer.
Baron Dittersdorf. Graf Rosenhain.
(bald hernach) Baron Hüben.

Br. Ditt. Wie gesagt, Herr Graf, ich gönne sie dem Obristen von ganzen Herzen! Ich mag sie nun einmal nicht. Sie ist mir zu dumm! Dreißig, vierzig Kinder! Bewahre der Himmel! das Mädchen ist im Stift eine Närrin geworden!

Gr. Rof. Diable m' emporte! Das Narrenhaus verdiente derjenige, der sich mit ihr einlassen wollte. Doch ich will nicht auf ihre Dummheit schimpfen, denn dieser hab ichs zu verdanken, daß ich mich nicht in der Schlinge fangen ließ. Hören sie nur, der Baron ― ― ―

Br. Hüben. (tritt ein.)

Br. Ditt. Nun Herr Baron, wie gehts? Wie hat ihnen das Fräulein gefallen?

Br. Hüben. Recht sehr gut!

Gr. v. Ros. Ist auch von ihrem Geschmake nicht anders zu vermuthen.

Br. Ditt. Sie wollen sie also heyrathen?

Br. Hüben. Bei Leibe nicht! Ich kann ja nicht duelliren.

Br. Ditt. Ach, ja so, ja so!

Neunter Auftritt.

Vorige. Baron Ramberg. Julie. und die Baronin, (gleich darauf) Lux.

Br. Ramb. Nun meine Herren, da bringe ich die Braut, wen sie aber angehört, das weis ich selbst noch nicht! Das alberne Ding ist zu blöde! Sie sagt, sie würden es mir selbst sagen. Will ich also wohl oder übel, so muß ich schon der Reihe nach herumfragen! Sezzen wir uns. Johann! Stühle! (sezzen sich alle.)

Br. Ditt. (zum Grafen) Das hat sie bei alle dem fein gemacht!

Br. Ramb. (zum Br. Ditt.) Nun alter Freund! Sind sie etwa der glükliche. Es wäre mir ganz recht, ja, ja! Ich würde sie mit Freuden als Schwiegersohn umarmen.

Br.

Br. Ditt. Mein guter Baron. Ich bin es nicht, ihre Tochter hat mir in optima forma den Korb gegeben! Ich bin ihr schon zu alt!

Br. Rumb. Und bist du auch mit dem Korb zufrieden?

Br. Ditt. Muß wohl! muß wohl! aber sie hat, um und um betrachtet, vollkommen recht! Ich bin wirklich zu alt, um noch ans Heurathen zu denken!

Br. Rumb. Freilich! freilich! ich wollte es nur nicht so gerade heraussagen, und dachte mirs gleich, daß meine Tochter lieber einen Jungen wählen würde. Nun Herr Graf, sie sind wohl der glükliche?

Gr. v. Rof. Votre treshumble Serviteur! Ich danke für ihre gütige Meinung! Herr Baron, warum soll ich länger Umstände machen! Ihre Fräulein Tochter ist ein allerliebstes, schönes Mädchen, und doch — — Sehen sie, ich liebe Geist und Wissenschaft, und da wünschte ich — —

Br. Rumb. Sagen sie es nur gerade heraus: Sie mögen sie nicht! Ist mir auch in der That herzlich lieb, hab vielerlei von Ihnen gehört, unter andern auch, daß sie ziemlich locker und lustig lebten! Solche Leute hab ich

also

also nicht gerne zu meinen Schwiegersöhnen. Ich konnte ihnen vermöge unsers Vertrags, die Anwerbung nicht verbiethen! Ist mir aber, weiß Gott, recht angenehm, daß sie selbst abstehen.

Lux. (tritt hurtig ein und sagt dem Grafen ins Ohr) der Obrist kömmt!

Gr. v. Ros. Ah warum nicht gar?

Br. Rumb. (gegen den Baron Hüben) So sind sie also mein Schwiegersohn! Freut mich! freut mich! Sie schikken sich treflich für meine Tochter, sind beide still und sittsam! Es wird eine glükliche Ehe geben.

Br. Hüben. Herr Baron, ich wollte unterthänigst, — — wollte nur sagen, daß — — daß — —

Zehenter Auftritt.

Vorige. Obriste.

(Wie der Obriste eintritt, verstumt, der Baron Hüben plözlich, der Baron Dittersdorf steht auf, der Graf Rosenhain giebt heimlich seinen Degen dem Lux.)

Br. Rumb. (der den Obristen nicht gewahr wird) Nun Herr Baron, reden sie weiter (zum Dittersdorf). Bleiben sie doch sizzen, alter Freund! Nun Herr Baron, wie ists. Erkläreu sie sich: Wollen sie meine Tochter?

Br. Hüben. (steht immer stumm.)

Obrist. (der sich zu ihm schleicht) Reden sie nur — —

Br. Hüben. (geschwind) Ich will ihre Tochter nicht heurathen! Ich kann sie nicht heurathen!

Br. Rumb. Was der Teufel ist denn das? Seid Ihr nicht recht bei Sinnen. Schlagt ein so hübsches Mädchen, die obendrein ein paar Tonnen Goldes im Vermögen hat, so leichtsinnig aus! Das Ding fängt mich wahrlich an zu verdrüssen. Meine Herren, ich frage sie noch einmal ernstlich: Wollen sie meine Tochter nicht?

Alle drei. Nein!

Br. Rumb. Gut, sehr gut! Ich bin also meines Vertrags mit euch los und ledig! Und bitte mir daher meine schriftlichen Kontrakte zurük zu geben!

Alle drei. Da! da ist er! (geben ihm solche.)

Br. Rumb. (indem er die Schriften nimmt) Willkommen! Ihr habt mir oft unruhige Nächte und manche Grille verursacht! Bin herzlich froh, daß ich euch wieder habe! Aber was sagst denn du dazu, Julie? Zu deiner Hochzeit ist alles bereit; und izt hast du keinen Bräutigam!   Obrist.

Obrist. (tritt hervor) Ich bin ja noch da, Herr Baron!

Br. Rumb. Ist auch wahr! Willkommen Herr Obrist, willkommen! Wo kommen sie denn her? Nun izt läßt sich eher ein Wort aus der Sache reden. Ists ihnen mit ihrem Antrage von heute Morgen noch Ernst?

Obrist. Vollkommen!

Br. Rumb. (zu Julien) Sieh der Herr hat heute auch um dich angehalten! Willst du ihm nehmen, oder verlangst du Bedenkzeit?

Julie. Nein! nein! ich nehme ihm schon ohne Bedenkzeit!

Br. Rumb. Brav meine Tochter, brav! Da. Nehmen sie sie Herr Obrist, und mein Vermögen dazu! Wärs auch nur aus Rache, weil die Herren beides verschmähen, ohne einmal eine rechte Ursache davon anzugeben!

Obrist. Meine Julle!

Julie. (heimlich voll Freude, ihn umarmend) O mein Karl!

Br. Rumb. Sieh, sieh! Habt ihr denn einander schon gekannt?

Gr. v. Rof. (spöttisch) Ich gratulire von Herzen!

Br. Ditt. Ich auch!

Br. Hüben. Ich auch!

Obrist.

Obrist. Ich danke ihnen meine Herren, sowohl für ihren Glükwunsch, als auch weil sie ihr Wort so redlich gehalten haben und lade sie sämmtlich auf meine Hochzeit ein!

Br. Rumb. Was soll denn das alles bedeuten?

Julie. Ich danke ihnen ebenfals meine Herrn, daß sie meine Worte für baare Münze annahmen, und sich in der Schlinge fangen ließen, die ich ihnen gelegt habe! Herr Baron! Ich bin nichts weniger als verschwenderisch! Herr Graf! Mein Vater hat seine zwei Tonnen Goldes noch beisammen, und sammelt eben an der dritten!

Br. Rumb. Ich verstehe von allen diesen kein Wort, und bin doch Vater!

Gr. v. Ros. Die ist ja auf einmal gescheid worden!

Br. Ditt. Mir kömmts auch so vor.

Br. Rumb. Vor allen andern bitte ich mir Erklärung aus! Wie hängt die Sache zusamen? Wer hat hier die Hand im Spiele?

Baronin. Die Liebe, Bruder die Liebe! Der Herr Obrist, und deine Julie, kennen und lieben sich schon lange!

Br. Rumb. Wie kann denn das sein? Und wie ist denn Julie auf einmal so vernünftig geworden?

Bä-

Baronin. Ich muß dir nun alles gestehn! Julie war nicht im Stift! Ich liebte sie zu sehr! Ich erzog sie bei mir auf dem Lande.

Br. Rumb. Und hintergingst, betrogst mich?

Baronin. Freilich! Aber da der Ausgang nun so gut ist, so — — —

Br. Rumb. Nun ich vergeb dirs! Aber, daß sich meine Tochter gegen mich auch so dumm, so einfältig stellen konnte, das schmerzt, das kränkt mich!

Julie. (zu seinen Füßen) Verzeihung! bester Vater! Gedrungen von der äußersten Noth! Gezwungen von der heftigsten Liebe — — Es ist mir sehr sauer geworden, und oft hab ichs der Tante geklagt.

Br. Rumb. Noth und Liebe kennt freilich kein Gesez! Soll ich, Herr Obrist, soll ich?

Obrist. (ebenfals knieend) Verzeihung Herr Baron, wir wollen ihnen alles erzählen, alles erklären und uns rechtfertigen!

Br. Rumb. Nun meinetwegen, bis zu dieser Erzählung und Erklärung, verzeihe ich auch. Wie gefällt ihnen die Komödie, meine Herren?

Gr. v. Rof. Wir sind abscheulich betrogen worden! Br.

Br. Ditt. Ja, Schändlich hintergangen.

Br. Hüben. Abscheulich betrogen.

Obrist. Ists ihnen nicht recht, meine Herren? Verlangen sie Satisfaktion, ich stehe zu Befehl! (er legt die Hand an den Degen.)

Lux. (zum Grafen) Da ist der Degen!

Gr. v. Ros. Tölpel, geh mir aus den Augen und aus meinem Dienst! (zum Obristen) Ich habe nicht das geringste dawieder!

Br. Ditt. Ich auch nicht!

Br. Hüben. Ach schon gar nichts!

Obrist. Die Sache ist also ganz nach ihrem Sinne?

Gr. v. Ros. Ganz!

Br. Ditt.) Völlig!
Br. Hüben.)

Obrist. Sie entlassen dem Herrn Baron seines Versprechens, und entsagen Julien freiwillig?

Alle drei. Ja! ja!

Obrist. (mit Julien am Arm) So empfehle ich mich Ihnen ergebenst. (will ab.)

Lux. Herr Obrister, ich bin ohne Dienst.

Obrist Folg mir nur, ich will schon für dich sorgen! (ab)

Br. Rumb. (im Abgehen) Ich bin Vater und versteh das Ding noch nicht recht. Das muß ich mir gleich alles erzählen und erklären lassen (ab)

Gr. v. Rof. Wir sind verflucht geprellt worden!

Br. Ditt. Abscheulich! Abscheulich!

Br. Hüben. Ja, ja, sie haben recht! Abscheulich! Abscheulich!

E n d e.